BASTEI
LÜBBE

Aus der Taschenbuchreihe JERRY COTTON – Neuauflage – sind nachstehende Romane erhältlich. Fragen Sie im Buch- oder Zeitschriftenhandel nach diesen Titeln:

Jerry Cotton

Die Cosa Nostra läßt schön grüßen...

Kriminalroman

BASTEI LÜBBE

BASTEI-LÜBBE-TASCHENBUCH
Jerry Cotton – Neuauflage –
Band 32 098

Erste Auflage: September 1970
Zweite Auflage: November 1988

Unser Titelfoto zeigt eine Szene aus dem Film ›Ein toller Bluff‹.
Die auf unserem Titelfoto dargestellten Schauspieler stehen in keinem Zusammenhang mit dem Titel und Inhalt dieses Bastei-Romans.

Titelfoto: Constantin
Umschlaggestaltung: Quadro Grafik, Bensberg
Satz: Fotosatz Steckstor, Bensberg
Druck und Verarbeitung:
Brodard & Taupin, La Flèche, Frankreich
Printed in France
ISBN 3–404–32098–0

Das Blitzlicht flackerte drei-, viermal. Die Augen des Mannes blieben offen. Seine Wimpern zuckten nicht; die Pupillen verengten sich nicht. Er war tot.

Ich packte den Fotografen an der Schulter und riß ihn zurück. Er stolperte gegen einen Tisch, stieß gegen einen Sektkühler, der scheppernd umfiel. Die Eisstücke rutschten über das Parkett bis an die Beine des toten Mannes.

»He, was soll's?« knurrte der Fotograf. »Nirgendwo hier steht: Fotografieren verboten.«

»Sie verwischen die Spuren.«

Er lachte. »Welche Spuren? Sie hätten dabeisein sollen, als der Junge umfiel. Fünf Dutzend Leute trampelten schreiend über ihn hinweg in Richtung Ausgang.«

Der Tote lag am Rande der kleinen Tanzfläche neben einem umgestürzten Stuhl. Offenbar hatte er auf diesem Stuhl gesessen, als ihn die Kugel traf. Ein halbgefülltes Whiskyglas stand auf dem Tisch. Das Eis darin war noch nicht geschmolzen.

»Sahen Sie, wie er getroffen wurde?« fragte ich den Fotografen. Er schüttelte den Kopf. »Ich war in einer anderen Ecke beschäftigt. Erst als die Girls aufkreischten, wurde ich aufmerksam. Sehen Sie selbst! Jeder konnte auf den ersten Blick erkennen, was mit ihm passiert war.«

Die Kugel hatte den Mann in den Hals getroffen und die Schlagader zerrissen. Hemd und Vorderseite der Jacke waren blutgetränkt.

Außer dem Fotografen lehnte nur noch ein bleichgesichtiger Barkeeper hinter der Theke am Flaschenregal und kaute verzweifelt an seinen Fingernägeln. Er wußte, daß er eine Menge Schwierigkeiten zu erwarten hatte. Seine Kaschemme war illegal, namenlos, ohne Konzession und Lichtreklame, ein sogenannter ›Point‹. Ein Punkt, an dem sich Mädchen trafen, die Liebe verkauften. Kein Wunder, daß Käufer und Verkäuferinnen Hals über Kopf geflohen waren.

Draußen heulte eine Polizeisirene. Zwei uniformierte Cops kamen herein. Nach einem flüchtigen Blick auf den Toten ging einer von ihnen sofort wieder hinaus. Der Sergeant kam zu mir. »Sind Sie der G-man, Sir?« Ich nickte.

»Irgendwelche Befehle, Sir?«

»Nein. Ihr Kollege alarmiert die Mordkommission?«

»Ja, Sir!«

»Kennen Sie den Toten?«

»Carlo DiBello, einer von Ernest Gales Muskelmännern. Gale kontrolliert diesen Bezirk. Vermutlich wissen Sie das, Sir!«

»DiBello! Diesen Namen nannte er, als er mich anrief«, bestätigte ich. »Ich wünschte, ich hätte ein paar Minuten früher hier sein können.«

»Wollte er auspacken?« fragte der Fotograf.

»Sagen Sie mir Ihren Namen!« verlangte ich. Er lächelte und zog aus der Innentasche seiner Jacke einen Presseausweis, ausgestellt von der »Journalistenvereinigung des Staates New Jersey«. Er lautete auf den Namen Harmon Loyd.

»Für welche Zeitung arbeiten Sie?«

»Ich halte nichts von festen Bindungen. Ich verkaufe meine Fotos an jeden, der sie haben will. Das bringt mehr ein.«

»Ich verstehe. Es müssen nicht unbedingt Zeitungen sein, denen Sie Ihre Schnappschüsse anbieten. Manche Leute mögen es gar nicht, wenn sie in gewissen Situationen fotografiert werden. Sie zahlen gut, besonders für das Negativ.«

Loyd grinste fröhlich. Er besaß ein gutgeschnittenes Gesicht mit kühlen, grauen Augen. Das dichte blonde Haar trug er lang und sorgfältig gescheitelt. Nach dem Geburtsdatum im Presseausweis war er zweiunddreißig Jahre alt.

»In einem ›Point‹ ist das Risiko für einen Mann Ihres Berufes hoch. Wenn Sie von Gales Leuten erwischt werden, enden Sie in einem Krankenhaus oder im Hudson.«

Er zuckte die Achseln. »Ich bin leidlich trainiert und ungefähr gleich schnell im Zuschlagen wie im Weglaufen. Es kommt auf die Situation an.«

»Geben Sie mir den Film aus Ihrer Kamera!«

»Es ist nichts drauf außer den Fotos von dem Toten. Ich kam vorher nicht zum Schuß.«

»Trotzdem!«

Achselzuckend spulte er den Film zurück, öffnete die Kamera und übergab mir die Kassette. »Schade! Ich hoffte, die Bilder an eine Zeitung zu verkaufen.«

»New Yorks Zeitungsleser sind übersättigt mit Bildern von umgebrachten Leuten.«

Eine Gruppe Männer betrat den ›Point‹, begleitet von einem halben Dutzend uniformierter Polizisten: die Beamten der Mordkommission. Sie bauten ihre Geräte auf. Zum zweitenmal flackerten Blitzlichter. Der Kommissionsarzt beugte sich kurz über den reglosen Körper. »Tod durch Gewalteinwirkung«, verkündete er, wie es die Vorschrift verlangt. Fünf Minuten später entdeckte ein Beamter der Spurensicherungsgruppe die Waffe, mit der Carlo DiBello getötet worden war. In einem der drei Zimmer, zu denen von der Kaschemme eine Treppe hinaufführte, fand er ein Dreyton-Gewehr mit Schalldämpfer. Da die Tür des Zimmers auf eine schmale Balustrade hinausging, von der aus man in den Saal hinuntersehen konnte, bestand kein Zweifel, daß DiBello von diesem Zimmer aus erschossen worden war.

Ich nahm mir den Keeper vor. »DiBello kassierte bei dir die Schutzgebühr?«

Nicht einmal beim Sprechen nahm er die Finger aus den Zähnen. »Ich weiß nichts«, nuschelte er.

»Wo ist das Telefon?«

Er wies mit dem Kopf auf die Stirnwand. »Dort ist ein Automat.«

Ich betrat die Zelle, nahm den Hörer ab, warf eine Münze ein und wählte Phils Nummer. Vermutlich hatte mich DiBello von diesem Apparat aus angerufen. Ungefähr zehn Minuten vor seinem Tod.

Phil meldete sich. »Hast du die Hosen noch an?« fragte ich.

»Frag mich nicht solche Sachen in Gegenwart einer Lady!« empörte sich mein Freund. Im Hintergrund kicherte ein Mädchen. Bei Phil war der Frühling schon seit einigen Wochen ausgebrochen, obwohl New York noch unter einer Decke schmutzigen Schneematsches lag.

»Bestell der Kleinen ein Taxi und schick sie heim zur Mami! Fahr ins Hauptquartier und bring das Tonbandgerät aus der Einsatzzentrale in den ›Siler-Strike-Nightclub‹.«

»Zu Ernest Gale?«

»Genau!«

»In fünf Minuten!«

Bevor ich auflegte, bekam ich noch zwei Sekunden vom Protest des Mädchens mit. Es klang wie das enttäuschte Miauen einer Katze.

Ein silbriger Neonblitz zuckte in Sekundenabständen über dem Eingang des ›Silver-Strike-Clubs‹. Der Negerportier legte die Hand an die goldbetreßte Mütze. Ein Garderobengirl in Netzstrümpfen und einer Goldbrokatweste nahm mir den Hut ab; ein befrackter Kellner wollte mich zu einem Tisch geleiten.

»FBI!« sagte ich. »Ich brauche den Chef!«

Das Lächeln verschwand aus seinem Gesicht wie ausgeknipstes Licht. »Ich weiß nicht, ob Mr. Gale im Hause ist!«, lispelte er. Er kam nicht zurück. An seiner Stelle erschien Nelson Giordano, Gales Sekretär, Leibwächter und gefährlichster Killer. Er war ein vierschrötiger, schweigsamer Mann, dessen schwarzes Kraushaar tief in die niedrige Stirn wucherte.

»Komm!« knurrte er. Durch die marmeladenrote Beleuchtung des Hauptraumes führte er mich an der Bühne vorbei, auf der ein grell angestrahltes Mädchen sich aus den Kleidern wand. Die Strips des ›Silver-Strike‹-Clubs zählten zu den heißen Shows in New Yorks kalten Winternächten.

Giordano öffnete eine Tapetentür. Der Gang dahinter war notdürftig erhellt und endete vor einer Mahagonitür, gegen deren Füllung Giordano respektvoll klopfte. Ein Grunzen antwortete.

Ich durfte eintreten.

Ernest Gale war ein Gebirge von einem Mann. Er war einen halben Kopf größer als ich, ein Dutzend Zoll breiter und mindestens vierzig Pfund schwerer. Am Beginn seiner Laufbahn hatte er seine Körperkräfte benutzt, um Gegner aus dem Wege zu räumen. Später ließ er andere die schmutzige Arbeit machen und verließ sich auf die Einfälle seines Gehirns. Er war schlau, gerissen und skrupellos. Der ›Silver-Strike‹-Club war seine Visitenkarte für die Öffentlichkeit. Hinter dieser Fassade dirigierte der riesige Mann eine Gangsterorganisation, die Gewinne aus jedem Verbrechen zog, das zwischen der 7. Avenue und dem Roosevelt-Drive verübt wurde. Der FBI hielt Ernest Gale für den Boß mehrerer Racketbanden, die ihren fragwürdigen Schutz an Geschäftsinhaber jeder Größenordnung verkauften. Er verlangte einen Anteil am Gewinn der Bordelle und ›Points‹, und er kassierte bei den Wetten der illegalen Buchmacher mit. »Hallo, G-man!« dröhnte er, ohne sich aus dem Sessel zu rühren, in dem er mit weit von sich gestreckten Beinen lag. Auf seinem mächtigen Schädel wuchsen nur noch ein paar einzelne Haare. Ein massiges Kinn, die aufgedunsenen Wangen und die kleinen, schrägstehenden Augen verliehen seinem Gesicht tatarische Züge. Auf Kleidung legte er nicht den geringsten Wert. Er steckte in seinem sackweiten Anzug wie ein Elefant in den Falten seiner Haut.

»Wollen Sie einen Drink, G-man?« Er wartete die Antwort nicht ab, drückte auf einen Knopf an der Armlehne seines Sessels und sagte: »Whisky, Eis, Soda!« Zwei Minuten später öffnete sich die Tür. Ein Brokatwesten-Mädchen schob einen Servierwagen herein, füllte Eis und Whisky in ein Glas und griff mit einem fragenden Blick nach der Sodaflasche. Ich verneinte. Lautlos verschwand das Girl.

»Bedienen Sie sich, G-man! Ich muß verzichten. Dem Arzt gefällt meine Leber nicht. Habe anscheinend früher zuviel von dem Zeug geschluckt.«

Ich rührte das Glas nicht an. Gale musterte mich aus

den Augenwinkeln, grinste und drückte auf einen anderen Knopf auf der Skala an der Sessellehne. An der linken Seitenwand des Zimmers schob sich ein großes Gemälde in die Höhe und gab ein Fenster frei. Der Raum, in den man durch dieses Fenster blickte, war die hellerleuchtete Umkleidegarderobe der Tanzmädchen.

»Mir macht es einfach keinen Spaß mehr zuzusehen, wenn sie wissen, daß zugesehen wird«, sagte er. »Wenn sie sich unbeobachtet glauben, gewinnt die Sache einen neuen Reiz; finden Sie nicht auch? Sie ziehen sich gerade für die Mitternachtsshow um. Ich kann Ihnen auch den Ton liefern. Ganz interessant, was die Mädchen sich gegenseitig anvertrauen.« Ein großgewachsenes und absolut unbekleidetes Mädchen trat dicht an das Fenster heran, schien uns anzustarren und begann, sein Gesicht zu schminken.

»Keine Angst, G-man!« grunzte Gale. »Auf der Garderobenseite ist es ein normaler, undurchsichtiger Spiegel. Ein alter technischer Trick.«

»Warum haben Sie Carlo DiBello töten lassen, Gale?« fragte ich.

Er öffnete den Mund und blickte mich überrascht an. »Carlo? Ist Carlo tot?« Er drückte auf den Knopf, ohne hinzusehen. Das Bild sank herab und verdeckte das Fenster.

»Vor knapp einer halben Stunde in einem ›Point‹ Ihres Bezirks erschossen! Aber ich glaube nicht, daß ich Ihnen eine Neuigkeit erzähle.»

»Ich hatte keinen Grund, Carlo umlegen zu lassen.«

»Er war anderer Meinung.«

»Woher wollen Sie das wissen?«

»Er telefonierte mit mir. Er sagte, daß er auspacken wollte, weil Sie ihn auf die Abschußliste gesetzt hätten. Seine Stimme verriet Angst.«

Eine rote Lampe glühte auf. »Ja! Ich höre!« sagte Gale.

Giordanos knarrige Stimme drang aus einem Lautsprecher. »Noch ein G-man, Boß!«

»Wir sind verabredet«, sagte ich.

»Schick ihn rein!«

Phil trug das Tonbandgerät in der Hand. Er nickte Gale zu, sah mich an, öffnete den Deckel und drückte die Abspieltaste.

Für alle Hauptanschlüsse in der FBI-Zentrale gibt es die Möglichkeit, Telefongespräche auf Tonbändern festzuhalten. Bei den Apparaten der Einsatzleitung werden alle Gespräche automatisch mitgeschnitten. In dieser Nacht war ich einer der Beamten des Bereitschaftsdienstes gewesen, und ich hatte DiBellos Anruf angenommen. Das Band hatte jede Phase des Gespräches aufgezeichnet. Schon in meine übliche Meldung ›FBI-Hauptquartier, FBI-Agent Jerry Cotton« schlug die erregte Stimme des Anrufers: »Kommen Sie her, G-man! Holen Sie mich hier 'raus! Ich soll abgeknallt werden.«

»Nennen Sie Ihren Namen!«

»DiBello! Ich bin einer von Gales Leuten! Der Bastard hat mich auf die Abschußliste gesetzt. Er behauptet, ich hätte nicht korrekt abgerechnet.«

»Wo sind Sie?«

»East 54. Straße 264. Es ist ein ›Point‹. Sie müssen durch die Toreinfahrt gehen. Beeilen Sie sich!«

Auch das Knacken, als der Anrufer auflegte, war zu hören.

Über Gales Gesicht breitete sich ein Grinsen, das so überdimensional war wie der ganze Mann.

»Sehr schön! Ich habe dem FBI bessere Tricks zugetraut. Das ist nicht Carlos Stimme.«

»Fällt Ihnen keine bessere Ausrede ein?«

»Fragen Sie andere!« Er beugte sich vor und rief in das Mikrofon der Sprechanlage: »Nelson, komm rein!«

Sekunden später schob sich Giordano in den Raum.

»Spielt ihm euer Märchen noch einmal vor!«

Ich beobachtete Gales Rechte-Hand-Mann scharf. Als der Name DiBello fiel, zog Giordano die Augenbrauen hoch. »Dreckiger Bluff!« knarrte er. »Das ist nicht Carlo!«

»Zufrieden, G-man? Nein, warten Sie! Nelson, schick Claire her! Sie kennt Carlos Stimme besser als wir alle. Sie würde sogar sein Schnarchen erkennen. Sie schläft mit ihm.«

»Im besten Falle schlief sie mit ihm«, murmelte Phil leise.

»Wollen Sie nicht meinen Whisky versuchen?« sagte Gale. »Er ist besser als mein Ruf.« Er belachte seinen Witz ausgiebig und dröhnend.

Dann kam das Mädchen. »Claire Meola«, stellte der Nightclub-Besitzer mit einer Handbewegung vor. »Ich zähle sie zu den zehn schönsten Mädchen, die je bei mir gearbeitet haben. Carlo DiBello war verrückt nach ihr. Ihretwegen prügelte er sich immer wieder mit anderen Verehrern. Nicht wahr, Claire?«

Sie antwortete nicht, sondern blickte Phil und mich an. Claire Meola war eine hochgewachsene junge Frau von vier- oder fünfundzwanzig Jahren. Sie trug einen weiten grellbunten Umhang, der ihre Figur bis zu den hochhackigen Sandaletten verhüllte, und darunter trug sie vermutlich nicht viel. Die dicke Schicht Bühnenschminke verdeckte den Ausdruck ihres Gesichtes und ließ es starr wirken, aber unter den dick nachgezogenen Brauen musterten uns grau-grüne, hellwache Augen.

»In zehn Minuten muß ich auf die Bühne«, sagte sie. Ihre Stimme klang leicht heiser.

Phil spielte das Tonband ab. Claire Meola hörte mit unbewegtem Gesicht zu. »Das ist nicht DiBellos Stimme«, sagte sie dann. Als einzige benutzte sie nicht den Vornamen.

»Die Befürchtungen, die der Anrufer äußerte, verwirklichten sich. Fünf Minuten nach diesem Anruf wurde Carlo DiBello in genau dem ›Point‹ dessen Adresse er nannte, erschossen.«

Die Tänzerin zuckte nicht mit der Wimper.

»Aber nicht ich habe ihn umlegen lassen!« brüllte Gale los. »Irgendwer versucht mit Hilfe des Telefongespräches mir Carlos Tod in die Schuhe zu schieben.«

»Und wer außer Ihnen hatte einen Grund, ihn zu töten?« fragte Phil.

Der Gang-Boß schnaufte verächtlich. »Pah, es gibt keinen anderen Grund, als mir Schwierigkeiten zu machen. Carlo war der Handlanger, den es als ersten traf. Jeder Krieg fängt damit an, daß irgendein Soldat erschossen wird.« Er zog die Lippen von den starken, gelben Zähnen. »Generale kommen erst später an die Reihe. Ich bin General, G-man!«

»Wer ist der Gegner?«

Er wuchtete sich aus seinem Sessel hoch. »Warum finden Sie nicht lieber heraus, wer Carlo abgeknallt hat? Wenn Sie dazu fähig wären, würden Sie mir 'ne Menge Ärger ersparen.«

»Kann ich gehen, Chef?« fragte Claire Meola.

»Okay, Mädchen!« Er legte die riesige Pranke auf die Schulter der Tänzerin. »Tut mir leid, daß Carlo Pech hatte, aber die Jungens werden sich zerfleischen um seinen Platz an deiner Seite. Sie werden dir das Vergessen leichtmachen.«

Das Öl in seinen Worten hätte ausgereicht, einen Traktor zu schmieren. Außerdem schien er selbst zu glauben, was er sagte. Wie viele brutale Typen besaß auch Gale eine ausgeprägte sentimentale Ader.

Als sich die Tür hinter dem Mädchen geschlossen hatte, wandte er sich an uns. »Noch Fragen, G-men?«

Ich lächelte. »Einen Sack voll, aber ich weiß, daß Sie keine mit der Wahrheit beantworten werden.«

»Genau! Warum halten Sie sich also noch hier auf, zumal Sie auch meinen Whisky nicht mögen?«

»Der FBI wird den Ausbruch eines Gangsterkrieges nicht einfach hinnehmen.«

»Carlo DiBello stand auf meiner Lohnliste. Niemand hat das Recht, Leute abzuknallen, für die ich mich verantwortlich fühle.«

Er stampfte zur Tür, riß sie auf und machte eine knappe Kopfbewegung. »Alles, was Sie hier noch tun können, ist, sich die Show des ›Silver-Strike‹-Clubs anzusehen«, knurrte er. »Meinetwegen auf Rechnung des Hauses.«

Im Flur begegnete uns Nelson Giordano. Ihm folgten zwei Männer in Straßenanzügen, massige Gestalten mit harten Gesichtern. Kein Zweifel, daß sie zu Gales Schlägergarde gehörten.

Wir durchquerten den Club. Im grellen Scheinwerferlicht stand Claire Meola auf der Bühne, jetzt ohne Umhang. Jede Starre war von ihr abgefallen. Sie lächelte. Lippen und Zähne schimmerten feucht. Ihr einziges Requisit war ein großer, mit Flittern besetzter Ball. In diesen Flittern aus reflektierendem Metall vervielfältigte sich das Scheinwerferlicht zu Kaskaden winziger, blendender Lichtblitze. Die Blendwirkung war Claire Meolas einzige Bekleidung, ein materieloser Vorhang, der sie vor den Blicken ihrer Zuschauer so perfekt zu schützen vermochte, wie ein Kleid aus Stoff. Sie wollte nicht geschützt sein. Sie spielte mit dem Ball, warf ihn hoch, drehte sich unter ihm, ließ ihn auf den Boden prallen und wieder hochsteigen, so daß der Lichtvorhang vor ihrem Körper sich hob und senkte und wieder hob. Es war mehr als eine gewöhnliche Strip-Nummer. Ihre Show war atemberaubend und ästhetisch zugleich. Auch Phil und ich wurden von diesem Spiel zwischen Nacktheit und Licht gefesselt. Wir blieben zwischen den Tischen stehen. Drei, vier Gäste, denen wir die Sicht verdeckten, röhrten empört auf. Jemand schrie: »Aus dem Weg, Mann! Keinen Quadratzoll von der Haut dieses Girls lass' ich mir nehmen!« Sie zwangen uns zum Rückzug.

Vom Ausgang her bekamen wir den Schluß der Show mit. Er war albern und banal. Der Ball blieb, aufgefangen von einer aus den Kulissen vorschnellenden Papphand, in der Luft hängen. Claire Meola tat, als merke sie den Verlust mit Verspätung, kreischte auf, verschränkte die Arme vor ihren Brüsten und hastete in die Kulissen, begleitet von Klatschen, Pfiffen, Gelächter. Als sie wiederauftauchte, trug sie den Umhang. Die Papphand ließ den Ball fallen. Sie fing ihn auf und verneigte sich. Jetzt lächelte sie nicht mehr.

Das Garderobenmädchen gab mir meinen Hut.

»Der Tod ihres Freundes war keine Überraschung für sie«, sagte Phil.

»Auf jeden Fall kein Grund zur Trauer«, antwortete ich. »Wir werden uns mit Miß Meola noch einmal unterhalten müssen.«

»Bist du mit dem FBI-Wagen gekommen?«

»Nein, mit dem Taxi!«

»Dann komm mit! Ich fahre noch einmal zum ›Point‹ zurück.« Wir stiegen in den Jaguar. Phil hielt das Tonbandgerät auf den Knien. Er tippte mit dem Finger darauf.

»Lügen sie alle?« fragte er. »War es nicht DiBello, der dich anrief?«

»Für Gale ist es leicht, seinen eigenen Leuten das Lügen zu befehlen. Wenn er es wünscht, würden sie nicht einmal die Stimme des Präsidenten der USA erkennen. Aber vielleicht sagen das Mädchen, Giordano und Gale auch die Wahrheit, und es ist tatsächlich nicht DiBellos Stimme.«

»Die des Mörders, natürlich etwas verstellt und durch eine dieser Vibrationskapseln verzerrt.«

»Warum soll der Mörder dich unter dem Namen seines Opfers anrufen? Es erhöht sein Risiko. Du hättest auch rechtzeitig kommen können.«

Ich schüttelte den Kopf.

»Sein Zeitplan stimmte. Er rief an, ging in das Zimmer auf der ersten Etage, schoß und verließ in der ausbrechenden Panik unerkannt und vermutlich sogar unbemerkt das Haus. Er hatte drei Möglichkeiten. Er konnte sich einfach den türmenden Gästen anschließen; er konnte auch den zweiten Ausgang benutzen, der von dem Zimmer aus über ein Treppenhaus erreicht werden kann. Außerdem führt eine Feuerleiter am Fenster des Zimmers vorbei.«

»Okay, aber warum rief er an?«

»Stell dir vor, was geschehen wäre, wenn wir nichts von diesem Mord erfahren hätten. Der Keeper des ›Point‹ hätte Gale angerufen, und Gale hätte ein paar Leute losgeschickt, die DiBellos Leiche eingesammelt und beseitigt hätten. Der Mord wäre vertuscht worden, und Gale hätte freie Bahn für einen Rachefeldzug gehabt. Jetzt muß er uns einkalkulieren. Das zwingt ihn zur Vorsicht. Sein Gegner benutzt uns als Deckung.«

Ich wandte den Kopf und ergänzte meine Ausführungen mit einem Achselzucken. »Falls es diesen Gegner wirklich gibt! Laß uns versuchen, es herauszufinden.«

Die Wagen der Mordkommission blockierten noch die Toreinfahrt zu dem Hinterhof. Eine Cop-Kette hielt die Neugierigen zurück. Zwei Standscheinwerfer erhellten die Toreinfahrt. Wir begegneten zwei Männern des Unfalldienstes. Auf einer verdeckten Bahre transportierten sie DiBellos Leiche ab.

Kreidestriche zeichneten den Umriß des Toten auf den Boden. Die Blutlache begann zu trocknen und nahm eine stumpfe Purpurfarbe an.

Harmon Loyd, der Fotograf, saß an einem Tisch zwischen zwei Polizisten und vor einem Vernehmungsbeamten. Als er mich sah, rief er: »He, G-man! Legen Sie ein gutes Wort für mich ein, und sagen Sie Ihren Kollegen, sie sollen mich laufenlassen. Ich habe nur mit 'ner Kamera auf den Mann geschossen, und da war er schon tot.«

»Wird er verdächtigt?« fragte ich den Vernehmungsspezialisten.

»Nicht mehr als jeder, der sich hier aufhielt, als der Schuß fiel, aber auch nicht weniger. Wir brauchen seine Aussagen, um möglichst viele Leute, die sich hier trafen, zu finden.«

»Ich kann nichts für Sie tun, Loyd! Der Leiter der Kommission entscheidet, was mit Ihnen geschieht. Sie haben Ihre Nase selbst hineingesteckt. Beklagen Sie sich also nicht, daß man Ihnen noch nicht erlaubt hat, sie wieder herauszuziehen.«

Er blinzelte. »Ich möchte sie im Gegenteil noch tiefer hineinstecken, aber ich kann's nicht, solange ich hier festgenagelt werde.«

»Viel gesünder für Sie!«

Der Leiter dieser Abteilung der Mordkommission

war Charles Lenton, ein noch junger Lieutenant des Kriminaldienstes der City-Police.

Lenton knetete persönlich den Keeper des ›Points‹. Der Mann, ein magerer, schmuddeliger Bursche, war schweißüberströmt. »Er ist zäh«, sagte Lenton, »aber inzwischen hat er die ersten Töne gesungen. Offenbar erhielt er nur ein paar Prozente. DiBello kam jeden Abend und holte die Einnahme ab. Das scheint zu stimmen, denn wir fanden achthundert Dollar in seinen Taschen und fast nichts in der Kasse des ›Points‹. Außerdem hatte DiBello eigene Interessen an mehreren Ladys. Vermutlich erpreßte er sie auf eigene Rechnung.«

»Seit wann kassierte DiBello?«

»Ungefähr seit drei Monaten.«

»Kommt er seit Eröffnung des Ladens?«

»Nein. Der ›Point‹ existiert seit fast einem Jahr. In den ersten Monaten lief das Geschäft nur dünn. Der Gangster, der damals zur Abrechnung kam, hieß Hank Mirsky. Eines Tages blieb er aus, und Carlo DiBello hielt an seiner Stelle die Hand auf.«

»Gehörte Mirsky zur Gale-Organisation?«

»Ich habe in der Zentrale zurückgefragt. In unserer Kartei gilt er als ein Mann der ›Feather-Gang‹.«

Ich pfiff leise durch die Zähne. »Wenn der Laden früher von ›The Feather‹ organisiert und in Betrieb gehalten wurde, später aber ein Gale-Mann aufkreuzte, gibt es eine einfache Erklärung für den Mord. ›The Feather‹ überläßt einem Konkurrenten nichts, das er als sein Eigentum betrachtet.«

Es gibt keine Adresse, unter der James Kinner – ›The Feather‹ – mit Sicherheit zu erreichen wäre, aber es gibt ein Dutzend Adressen, unter denen man ihn vielleicht erreichen kann – die Wohnungen seiner Freundinnen nicht mitgerechnet. Einem Irrlicht ähnlich geistert er durch New York. Mag sein, er taucht um die Mittagszeit in dem Schnellimbißrestaurant auf der 96. Straße auf, das einem Konzern gehört, dessen Anteile er kontrolliert. Eine Stunde später trifft er eine Gruppe seiner Gorillas in einer Kaschemme der Clarkson-Street, scheucht sie vom Billardtisch weg mit irgendwelchen Aufträgen in alle vier Winde und jagt selbst in seinem riesigen Lincoln zu den Piers der Westseite, um sich zu vergewissern, daß seine Spieler den ausländischen Matrosen die Heuerdevisen aus den Taschen holen.

Er unterhält ein großes Büro in einem Hochhaus der West 14. Straße, in dem angeblich Grundstücksgeschäfte abgewickelt werden, aber es ist durchaus möglich, daß er dieses Büro erst gegen Mitternacht betritt und zu keinem anderen Zweck, als eine Stunde im Schreibtischsessel zu schlafen.

Gewöhnlich allerdings schläft er in Betten, die in Wohnungen stehen, für die er zwar die Miete zahlt, an deren Türen aber nicht sein Namensschild hängt. Was Mädchen angeht, verhält sich Kinner absolut verrückt. Manche Leute behaupten, sie hätten ihn noch nie ohne ein weibliches Wesen in Reichweite gesehen. Er umgibt sich mit Frauen wie ein Hundenarr sich mit Airedales oder Pudeln umgeben würde, je nach der Rasse, für die er eine Vorliebe hat. In einem gewissen Sinn sind auch Kinners Mädchen alle von einer Sorte. Keine ist kleiner als 1,70 und die Kurven sind immer atemberaubend. Kinner interessiert sich nicht für die Haarfarbe und schon gar nicht für den Verstand seiner

Freundinnen. Ihm genügt es, daß sie groß genug sind, denn er selbst ist nur 1,60, wenn man die Blockabsätze seiner Schuhe mitrechnet. Sein Gewicht liegt bei 130 Pfund. Größe, Gewicht und die Klasse, in der er als Zwanzigjähriger boxte, lieferten die Grundlage seines Spitznamens: ›The Feather‹ – ›Die Feder‹ – aber es wäre völlig falsch, dabei an Flaum und Daunen zu denken. Eine Sprungfeder aus hochelastischem Spezialstahl – dieser Vergleich paßt besser. Immer gespannt, immer bereit loszuschnellen, anzuspringen.

Nicht einmal seine eigenen Leute brachten James Kinner irgendwelche Sympathien entgegen. Er demütigte sie mit der Bösartigkeit kleiner Männer, die anderen nicht verzeihen können, daß sie ein paar Zentimeter größer gewachsen sind. Vor zwei Jahren hatte es einen Aufstand in der Kinner-Organisation gegeben. ›The Feather‹ hatte ihn schnell, erbarmungslos und blutig unterdrückt.

Noch immer versuchte die City-Police die Morde an vier bekannten und gefürchteten Schlägern der Westseite zu klären, die damals in Wochenfrist verübt worden waren. Manche Offiziere im Homicide-Department vertraten die Ansicht, Kinner habe es den Empörern eigenhändig besorgt; Beweise für diese Theorie fanden sie nicht.

Im Gegensatz zu Gales sorgfältig organisiertem Konzernbetrieb ist Kinner geradezu ein Ramschladen an Verbrechen jeder Art. Zwar zog auch er Gewinne aus dem Racket- und Buchmachergeschäft und der Hafenprostitution, wobei die 7. Avenue ungefähr die Grenze gegen den Bezirk der Gale-Gang bildete. Aber anders als Gale fand sich Kinner bereit, z. B. einen Großeinbruch zu organisieren, eine Ladung Rauschgift zu übernehmen oder einem südamerikanischen Kapitän eine seiner Freundinnen, deren er überdrüssig geworden war, zu verkaufen.

In jener Nacht suchten Phil und ich die Westseite nach ›The Feather‹ ab. Wir begannen mit dem Büro in der 14. Straße, steckten unsere Köpfe in zahllose Inns, Kaschemmen, Kneipen, wichen einem halben Dutzend Versuchen aus, uns in Schlägereien zu verwickeln, und entdeckten schließlich zwar nicht Kinner selbst, aber wenigstens Hank Mirsky, jenen Gangster, der früher in Kinners Auftrag den ›Point‹ abkassiert hatte.

Mirsky war ein altgedienter Ganove mit rund vierzig Berufsjahren in Gefängnissen und in den Diensten verschiedener Gang-Bosse. Seine Vorliebe für Gin nahm seit einigen Jahren überhand. Seine Reflexe ließen nach. Die Schlagkraft seiner Faust nahm rapide ab. Vermutlich behielt ihn Kinner aus psychologischen Gründen in seinem Verein. Mirsky war über 1,80, und es machte Kinner Spaß, einen zweihundertpfündigen großen Mann vor sich auf dem Bauche kriechen zu sehen.

Als wir Mirsky trafen, hockte er über einem leeren Glas in einer Kneipe am 22. Pier, an der nur die Hinterzimmer interessant waren, denn dort waren die Mädchen. Vermutlich versah er eine Art Portiersjob mit dem Auftrag, die Männer, die in die Hinterzimmer wollten, nach Geld und Trunkenheitsgrad zu sortieren, einzulassen oder zurückzuhalten.

Bei unserem Anblick zeigte Mirsky Nervosität. Obwohl wir ihm nie begegnet waren, besaß er Erfahrung genug, um uns richtig einzuordnen, wenn auch vielleicht ein oder zwei Etagen tiefer; denn als er die FBI-Ausweise sah, wurde aus seiner Nervosität Unruhe. »Ich habe nie gegen 'n Bundesgesetz verstoßen«, versicherte er. »Nie etwas mit Falschgeld, mit

Kidnapping, Spionage zu tun gehabt.« Seine Aussprache war kaum deutlicher als das Zischen einer Lokomotive. Mirsky fehlten die meisten Vorderzähne.

»Es geht nicht um dich, sondern um deinen Chef. Wo finden wir Kinner?«

»Ich weiß nicht einmal, von wem Sie sprechen«, log er kläglich.

»Von ›The Feather‹, falls du seinen richtigen Namen vergessen haben solltest«, erklärte Phil freundlich.

Mirsky setzte das Glas an den Mund, obwohl es leer war. Er wollte Zeit gewinnen. Phil drückte seine Hand nach unten. »Wir wollen deinen Boß wegen eines Mordes sprechen, aber wir wollen ihn auch warnen.«

»Wieviel Uhr ist es?«

»Vier Uhr morgens!«

»›Feather‹ gehört ein Schnellimbiß auf der 96.«

»Kennen wir! Dort haben wir es um Mitternacht versucht.«

»Versucht es um fünf Uhr noch einmal! ›Feather‹ hat angeordnet, daß der Laden um fünf Uhr geöffnet wird, und er kontrolliert oft, ob sein Befehl befolgt wird.«

Wir standen auf. »Sagt ihm lieber nicht, daß der Tip von mir stammt!« bat Mirsky.

Die 96. ist im Bereich, in dem Kinners Schnellimbiß liegt, eine Büro- und Geschäftsstraße mit rund hunderttausend Beschäftigten auf einer halben Quadratmeile. Außerhalb der Geschäftszeit ist sie so öde wie ein Stück Antarktis.

Die Neonröhren über dem Restaurant-Eingang waren die einzige eingeschaltete Lichtreklame weit und breit. In grell leuchtendem Rot durchbrachen die Worte ›Quick-Service‹ den trüb-grauen Dunst des Morgennebels, der als nasse und kalte Schwaden zwischen den Hausmauern hing. Punkt fünf Uhr rasselten die Gitter nach oben. Ein weißbekittelter Geschäftsführer blickte kurz die Straße hinauf und hinunter und eilte fröstelnd in das Restaurant zurück.

Ich hatte den Jaguar in einer Seitenstraße geparkt. Phil und ich überquerten sie. Die Eingangstüren wurden durch Lichtschranken gesteuert und öffneten sich selbsttätig.

Wir waren die einzigen Gäste. Hinter den Glaswänden der Kühltheken gähnten vier oder fünf Service-Mädchen in blauen kurzen Kitteln. Der Geschäftsführer sah uns an und verschwand dann hinter einer Tür mit der Aufschrift: Office! Kein Eintritt!

Wir holten uns zwei Schinkensandwiches und dampfenden Kaffee in Pappbechern und stellten uns an einen Tisch, von dem wir durch die Glastüren die Straße beobachten konnten.

Phil warf einen Blick auf die Armbanduhr. »Fünf Uhr zehn! Heute verzichtet er auf Kontrolle.« Er biß in das Sandwich.

Eine schwarze Lincoln-Limousine schob sich in unser Blickfeld. Auf dem Beifahrersitz schimmerte es blond und weiß und irgendwie rosa. Dann flog die Fahrertür auf. Ein schmächtiger und kleiner Mann kam um den Kühler herum und schoß auf den Eingang des ›Quick-Service‹ zu. Die Glastüren öffneten sich. Die Mädchen zuckten zusammen.

Schnell und hart schlugen die zollhohen Blockabsätze auf den Steinboden. Kinner rannte an den Theken entlang, erblickte uns, stutzte für einen Sekundenbruchteil. Dann änderte er die Richtung und schoß auf uns zu. »Schnüffler?« kläffte er.

Das Gesicht von ›The Feather‹ wies noch immer Spuren seiner längst vergangenen Boxerlaufbahn auf. Die Nase war breit, die Augenbrauenwülste verdickt, und die Lippenränder hatten verschwommene Konturen. Er trug das mittelblonde Haar sehr kurz, und er verbreitete in weitem Umkreis den Duft seines teuren französischen Rasierwassers. Kinner trug immer Schneideranzüge aus feinstem blauem Mohair. Er band sich Dreißig-Dollar-Krawatten unters Kinn. Am kleinen Finger der linken Hand blitzte ein Brillant von einigen Karat, und an der rechten Hand trug er einen übergroßen Siegelring aus Platin, der aussah, als wäre er aus Chromnickelstahl.

»FBI!« sagte ich und trank einen Schluck von dem Kaffee.

»Warum?«

»Gestern abend hatten wir eine Unterredung mit Ernest Gale.«

Er verzog den Mund. »Dieser schmuddelige Fettwanst!«

»Wir brachten ihm eine Trauerbotschaft.Einer seiner Leute wurde erschossen. Der FBI wurde vorher über diesen Mord unterrichtet.«

»Was geht mich diese Geschichte an? Wenn Gale seinen Verein nur mit Mord in Ordnung halten kann, so ist das seine Sache.«

»Wurden nicht vor einigen Jahren auch einige Leute Ihrer Firma umgebracht?« erkundigte sich Phil sanft. Kinner begann an seiner Unterlippe zu nagen.

»Gales Mann wurde in einem ›Point‹ erschossen, der früher von Ihnen abkassiert wurde«, sagte ich.

»54. Straße?«

»Genau!«

Er knirschte hörbar mit den Zähnen. »Der Fettwanst behauptete, ich hätte die Grenzen überschritten. Er drohte damit, daß er . . .« Ihm fiel ein, mit wem er sprach, deshalb unterbrach er sich.

»Ich sehe immer noch nicht, aus welchem Grund Sie mit dieser Story zu mir kommen!« fuhr er nach einigen Sekunden fort.

»Der Anruf war fingiert. Gale glaubt, daß jemand ihm den Mord in die Schuhe schieben will, und anscheinend dachte er dabei an Sie, ›Feather‹!«

»Das Fett erdrückt sein Gehirn!« fauchte Kinner. »Mag sein, daß er sich wegen der paar lumpigen Dollars, die ein ›Point‹ abwirft, in die Hosen macht. Ich kann darauf verzichten.« Plötzlich wurde er nachdenklich. »Oder sucht er nur einen Vorwand? Überlegen Sie, G-man! Er erledigt seinen eigenen Mann und behauptet, ich wäre es gewesen. Er schickt Sie her und spannt Sie vor seinen Karren.«

Draußen wurde der Schlag des Lincoln geöffnet. Das blond-weiß-rosa-Wesen verließ den Wagen; die Glastüren öffneten sich. Kinners Freundin kam in das Restaurant. Sie war ein besonders prachtvolles Exemplar seines bevorzugten Typs, eine junge, blonde Riesin mit einem pausbäckigen Kindergesicht, in das sie einen viel zu großen Mund hineingeschminkt hatte. Sie trug einen Weißfuchsmantel, den sie in der Wärme des Raumes auseinanderfallen ließ. Unter dem Weißfuchs trug sie hauptsächlich Haut. Die wenigen Quadratzentimeter Stoff hatten den Kampf gegen die Wucht ihrer Formen längst verloren.

Kinner schnellte herum. »Bleib im Wagen!« kläffte er.

»Ich friere, Jimmy!« lispelte sie. »Ich bin müde und brauche einen Kaffee.«

»In den Wagen!« Er stampfte mit dem Blockabsatz seines Schuhes auf

Sie drehte ab. »Einen Augenblick!« sagte Phil. »Falls Sie die Unkosten scheuen, lade ich die Lady ein! Mit Milch und Zucker, Miß?«

Sie nickte dankbar. Phil lockte mit Hilfe eines Dimes einen Pappbecher Kaffee aus einem Automaten und brachte ihn der Blonden. Sie dankte ihm mit einem Blick und einer Schulterbewegung, die den Fuchsmantel noch ein wenig mehr von den Schultern gleiten ließ. Sie senkte die Nase in den Pappbecher, aber sie kam nicht mehr zum ersten Schluck.

Die Glastür öffnete sich vor den drei Männern genauso bereitwillig wie vor jedem anderen Besucher. Die Männer trugen Strumpfmasken, graue Hüte, graue Wettermäntel, graue Handschuhe. Aus ihren Händen flogen runde, schwarze Gegenstände, barsten auf dem Steinboden. Weißer Rauch wölkte hoch, nahm uns die Sicht und verbreitete sich in Sekundenschnelle.

Phil packte die Blonde und riß sie herum. Kinner schnellte mit einem Panthersatz nach links. Ich zog meinen 38er aus der Schulterhalfter.

Die ersten Schwaden des weißen Rauches wehten über uns hin. Tränen schossen aus meinen Augen und machten mich im Handumdrehen praktisch blind. Ich ließ mich fallen und zog einmal durch.

Die Antwort kam prompt. Maschinenpistolen hämmerten. Glas klirrte. Die fünf Serviermädchen kreischten.

Ich riß die Augen auf. Nur für Sekunden sah ich schemenhafte Umrisse. Dann zwang mich der Schmerz, die Augen wieder zu schließen. Es war wie ein Reflex, gegen den ich machtlos war.

Neue Feuerstöße aus Maschinenpistolen. Wieder zersprangen Glasscheiben an den Theken und Kühltruhen.

Ich erwiderte das Feuer nicht, denn ich sah nichts. Eine Männerstimme lachte. Jemand rief: »Genug!« Hastiges Laufen. Ich spürte den kalten Luftzug, als sich die Glastüren öffneten. Noch einmal versuchte ich zu sehen. Ich erkannte die Männer als verschwommene Schemen. Sie liefen auf die Straße zurück, aber vielleicht täuschten mich meine Augen. Ich taumelte hoch und versuchte, den Ausgang zu erreichen. Eine neue Schmerz- und Tränenwelle zwang mich, wie in einem Krampf die Lider zu schließen. Ich torkelte gegen einen Tisch, trat in glitschiges, weiches Zeug, von dem ich nicht wußte, was es war.

Später stellte sich heraus, daß ich bis auf ein paar Schritte an den Ausgang herangekommen war, bevor der Explosionsdruck mich von den Füßen fegte. Irgendwie klammerte ich mich an den Fuß des Tisches, der im Boden verschraubt war. Die Glastüren und die gesamte Eingangsfront des ›Quick-Service‹, soweit sie aus Glas bestand, prasselten herunter. Die Explosion traf mich wie ein Faustschlag. Gleichzeitig fegte ein Luftzug durch den Raum.

Als ich die Augen aufriß, spürte ich, daß der Schmerz ein wenig nachließ. Über Glassplittern trampelte ich ins Freie, den 38er noch in der Hand. Auch der Bürgersteig war mit Glas übersät. Es waren die Fensterreste von Kinners Prachtkutsche. Der Lincoln stand fensterlos, mit aufgesprungenen Türen, offener Kofferraumhaube und heraushängenden Eingeweiden am Straßenrand. Die Polster brannten an mehreren Stellen mit kleiner Flamme.

Von den Männern, die diesen Feuerzauber veranstaltet hatten, war nichts zu sehen, und noch hatte der Lärm nicht einmal Neugierige angelockt.

Neben mir tauchte Kinner auf. Er preßte beide Hände gegen die Augen. Flüche sprudelten aus ihm heraus wie Schmutzwasser aus der Mündung einer Schlammpumpe. Dann nahm er die Fäuste von den Augen, stellte fest, daß er etwas sehen konnte, und starrte fassunglos das Wrack des Lincoln an.

Ich ging in den ›Quick-Service‹ zurück auf der Suche nach einem Telefon. Die Wirkung des Tränengases ließ überraschend schnell nach. Es schien sich um ein besonderes Zeug zu handeln, das blitzartig wirkte, sich jedoch schnell verflüchtigte. Die Serviermädchen krochen jammernd hinter den Kühltheken hervor. Ihre Gesichter waren verschmiert, Sandwiches und ähnliche Dinge klebten auf ihren blauen Kitteln, in ihren Gesichtern und in ihren Haaren. Phil und Kinners Freundin sah ich nicht.

Ich entdeckte sie, als ich die Tür zum Office aufriß. Phil hielt einen Telefonhörer am Ohr. Der Geschäftsführer saß hinter dem Schreibtisch und hatte offensichtlich nichts begriffen. Die Blonde lag auf ihren Vorderkurven und heulte.

Auch über Phils Wangen rollten die letzten Tränen. »Verdammt scheußliches Zeug! Ich versuche, Doc Reston zu erreichen. Er soll herausfinden, mit welchem Stoff sie uns eingenebelt haben. Man konnte nichts dagegen machen. Ich habe gerade noch das Mädchen hinter diese Tür geschleift.«

Er wählte die Nummer des Polizeiarztes. Einen Augenblick später hatte er das Gespräch. »Hallo, Doc Reston! Hier Decker! Bitte kommen Sie mit Ihrem fahrbaren Labor in die 96. Straße. Man hat uns mit Tränengas behandelt. Jerry und ich möchten, daß Sie für uns die Sorte herausfinden. Das war irgendein ganz besonderes Zeug!«

Er legte auf. Ich ging zu ihm. »Weißt du, daß sie uns mühelos abschießen konnten? Wir leben nur noch, weil Tote heute nicht auf ihrem Programm standen.«

»Gale schlägt schnell zurück. Oder?«

Ich beantwortete die Frage nicht. Ich blickte auf die heulende Blondine hinunter. »Ich möchte wissen, ob sie die Handgranate auch in in den Lincoln geworfen hätten, wenn das Mädchen noch dringesessen hätte«, sagte ich leise.

Kinner kam wie eine Rakete ins Office geschossen. Auf seinem feinen blauen Anzug klebte Kartoffelsalat. Er riß den Telefonhörer aus der Gabel, wollte wählen, erinnerte sich an uns und schrie:

»Hauen Sie ab und unternehmen Sie irgend etwas! Warum verhaften Sie nicht Gale?«

»Sie wissen doch, daß Gale in seinem Bett liegt.«

»Klar! Der Fettwanst ist zu feige, um so etwas selbst zu machen. Gehen Sie! Ich will telefonieren!«

»Wir sind hier noch nicht fertig, Kinner! Wir mögen es sowenig wie Sie, wenn in unserer Gegenwart mit Maschinenpistolen herumgeballert wird.«

Er sah ein, daß er uns nicht los wurde. Wütend warf er den Hörer auf die Gabel. »Steh auf!« schrie er das Mädchen an. Er trat nach dem Mädchen. Die Blonde richtete sich schluchzend auf. Phil half ihr auf die Füße.

Das Telefon läutete. Schüchtern streckte der Geschäftsführer die Hand aus. ›The Feather‹ war schneller! Er riß den Hörer ans Ohr. »Ja, ja!« sagte er. »Ich bin selbst an der Strippe! Ich höre.« Er lauschte. Seine Augen weiteten sich. Zuerst öffnete er den Mund. Dann preßte er die Lippen aufeinander. »In Ordnung!« sagte er überraschend ruhig. »Ich komme raus, sobald ich hier wegkann. Haltet den Mund, wenn die Schnüffler Fragen stellen, aber versucht nicht zu vertuschen, was passiert ist.«

Er legte auf, drehte sich um und teilte uns mit: »Vor einer halben Stunde wurde Hank Mirsky erschossen. Er arbeitete von Zeit zu Zeit für mich. Sie haben ihn abgeknallt, als er eine Kneipe am Pier 22 verließ, in der er für mich ein wenig nach dem Rechten sah. Mit einem Gewehr! Einfach so! Das Ding liegt noch immer da. Sie können hinfahren und es sich meinetwegen einrahmen lassen!«

Als Kinner uns während der letzten Worte ansah, schielte er beinah vor Wut.

Doc Restons Leute krochen zwischen den Trümmern des Selbstbedienungsrestaurants herum und sammelten Splitter der Sprengkörper und Kugelhülsen ein. Reston kam zu uns. Er drehte ein handtellergroßes, zakkiges Stück Blech zwischen den Fingern.

»Sie sagen, das Tränengas hätte blitzartig gewirkt?« wiederholte er eine schon gestellte Frage.

»Schneller, als ich meinen 38er ziehen konnte.«

»Hustenreiz? Atemnot?«

»Nein, nur heftige Schmerzen in den Augen und Tränen wie aus einem geöffneten Wasserhahn.«

»Zur Vorsicht sollten Sie alle Ihre Augen von einem Arzt untersuchen lassen. Vielleicht stellen sich Spätfolgen ein. Ich schicke den Bericht an Ihren Chef, Cotton.«

Wir fuhren zum 22. Pier. Die Mordkommission der City-Police hatte ihre Arbeit schon getan. Der Fall lag einfach. Mirsky war aus einem Auto heraus erschossen worden, und der Mörder hatte die Waffe, ein Carcasco-Gewehr, auf die Straße geworfen. Ich zweifelte nicht daran, daß es absichtlich geschehen war. DiBello war mit einem Gewehr erschossen worden, und in Mirskys Fall sollte die zurückgelassene Tatwaffe der anderen Seite zeigen, daß seine Tötung ein Racheakt war.

Die Beamten der Mordkommission fanden keinen Tatzeugen. Wahrscheinlich hatten einige Leute den

Wagen gesehen, aber niemand war bereit, Aussagen zu machen. Die Bewohner des Viertels zwischen dem 10. und dem 25. Pier wußten, daß Mirsky zur ›Feather‹-Bande gehörte. Sie hüteten sich, irgend etwas zu tun, was Kinner und seinen Leuten mißfallen konnte; Zusammenarbeit mit der Polizei mißfiel ihnen auf jeden Fall.

John D. High, Chef des FBI-Distrikts New York, rief uns über die Funksprechanlage des Jaguars gegen acht Uhr, als wir vom 22. Pier in Richtung East Side fuhren.

»Ich höre von zwei Morden unter Gangstern und einem Angriff auf einen ›Quick-Service‹. Bricht ein Bandenkrieg aus, Jerry?«

»Keine Ahnung, wie es sich weiter entwickeln wird, Sir. Wenn nur die Toten gezählt werden, steht es pari, und die Gangster könnten aufhören, bevor mehr passiert, aber die Zerstörung des ›Quick-Service‹ dürfte für ›The Feather‹ schwerer wiegen als Mirskys Tod; ganz besonders, weil er dabei selbst in Gefahr geriet.«

»Sie waren die ganze Nacht auf den Beinen. Unternehmen Sie zunächst nichts, sondern fahren Sie nach Hause, und ruhen Sie sich aus. Ich erwarte Sie und Phil um drei Uhr in meinem Büro.«

»In Ordnung, Sir!« Ich setzte Phil vor seiner Wohnung ab, fuhr weiter zu mir, duschte heiß-kalt, heiß-kalt und rollte mich unter die Decke. Als mich der Wekker einige Stunden später wach schrillte, war ich prachtvoll ausgeschlafen. Ich verzichtete auf Kaffee, mit dem man bei Mr. Highs Sekretärin Helen immer rechnen kann, holte Phil ab, und pünktlich um drei betraten wir das Vorzimmer und lächelten Helen an.

»Kaffee?« fragte Helen.

»Möglichst eine Gallone.«

»Geht hinein! Der Chef wartet.«

Wie immer lagen auf Mr. Highs Schreibtisch nur die Akten, die den gerade anstehenden Fall betrafen. Zwei schmale Ordner bargen Bericht, Fotos und Untersuchungsergebnisse der City-Police-Mordkommission; der Inhalt des dritten Ordners stammte von unserem eigenen Labor.

Nur diesen Ordner schlug Mr. High auf.

»Die Kugeln, die in dem ›Quick-Service‹ verfeuert wurden, sind vom Kaliber 44. Munition dieses Kalibers wird in den Staaten für Maschinenpistolen nicht hergestellt. In der englischen Armee waren 44er Maschinenpistolen während und auch nach dem Krieg in Gebrauch. Natürlich sind diese Waffen während des Krieges in viele Länder geraten. Auch unsere GIs mögen in Einzelfällen englische 44er MPis als Andenken mitgebracht haben. Im allgemeinen kann festgestellt werden, daß solche Waffen bisher nur sehr selten von Verbrechern innerhalb der USA benutzt wurden. Die Zentrale wird uns noch mitteilen, wo und wann es geschah.«

Helen schob einen kleinen Servierwagen herein. Mr. High wartete, bis sie unsere Tassen gefüllt hatte.

»Dagegen wurden Carlo DiBello und Hank Mirsky mit Gewehren erschossen, die in den Staaten mühelos zu beschaffen sind. Ganz anders verhält es sich mit dem Tränengas. Es stammt zwar aus amerikanischer Produktion, wurde aber bisher ausschließlich an die Armee ausgeliefert. Die Kontrolle ist streng, da es sich um ein neues Material mit besonderen Eigenschaften handelt. Die Armee meldete vor knapp einem Jahr einen Diebstahl aus dem Magazin einer Military-Police-Einheit in Italien. Das ist der einzige bisher bekanntgewordene Verlust. CIA nahm an, daß sich die Russen aus Neugier auf diese Weise eine Kiste beschafft hätten, aber Ihre Erlebnisse scheinen zu beweisen, daß zumindest einige Exemplare nach New York gelangt sind; selbstverständlich können die Dinger, die in dem Schnellimbiß explodierten, auch aus einer anderen Quelle stammen. Die Armee ist eine große und sehr bürokratische Organisation, bei der Verlustmeldungen lange unterwegs sind, bevor sie auf den richtigen Schreibtisch gelangen.«

Er klappte den Aktenordner zu. »Die City-Police verfügt über einige Vertrauensleute auf der West Side ebenso wie östlich der 7. Avenue. Ernest Gale scheint seine Organisation in Alarmzustand versetzt zu haben. James Kinner steigert seine Aktivität zur Hektik. Anders ausgedrückt: Beide Seiten machen mobil.«

Er stand auf und kam hinter seinem Schreibtisch hervor. »Die meisten Leute glauben, Polizei und FBI könnten händereibend den lachenden Dritten spielen, wenn sich zwei Gang-Syndikate in die Haare geraten. Die großen Alkoholkriege der dreißiger Jahre haben bewiesen, daß immer Unschuldige zwischen die Fronten geraten und Opfer werden, wie bei allen Kriegen. Denken Sie nur an die Serviermädchen in dem ›Quick-Service‹. Alle hätten sie Opfer der Schießerei werden können. Ich möchte, Jerry und Phil, daß Sie alles daransetzen, einen heißen Krieg zwischen Gale und Kinner zu verhindern.«

Er blieb vor der großen Glaskarte von New York an der Stirnwand des Büros stehen, hob den Arm und fuhr mit der Hand die Linie der 7. Avenue entlang. »Das ist keine leichte Aufgabe«, sagte er. »Wie jeder Friedensstifter werden Sie dabei in die Schußlinie beider Parteien geraten. Ich glaube, wir könnten Gale und Kinner ruhighalten, wenn wir die Männer ihrer Gang faßten, die die Morde an DiBello und Mirsky verübt haben.«

Er drehte sich um und verschränkte die Hände auf dem Rücken.

»Noch besser wäre es natürlich, wenn wir Gale und Kinner endlich das Handwerk legen könnten. Bis jetzt konnten wir nie einen Erfolg verzeichnen. Die Gale-Organisation ist ein gut konstruiertes Syndikat. Der dicke Ernest Gale sucht sich seine Helfer sorgfältig aus, bindet sie durch Geld und wahrscheinlich durch Druck an seine Gang und setzt ihnen außerdem Nelson Giordano und seine Killer als Wachhunde in den Nacken. Kinner hingegen macht alles selbst, benutzt Helfer nur für Einzelaktionen, welchselt sie häufig und erreicht damit praktisch den gleichen Effekt. Der City-Police ist es bei beiden Organisationen nur gelungen, hin und wieder einen Buchmacher, einen drittrangigen Zuhälter oder einen Falschspieler zu fassen, die sich alle hüteten, ihre Bosse oder auch nur andere Bandenmitglieder zu belasten. Um das Netz von Verbrechen, das Gale und Kinner über ihre Bezirke geworfen haben, zu zerreißen, müßten wir die Bosse selbst hinter Gitter bringen können.«

Helen meldete sich über die Sprechanlage.

»Sir, die Zentrale meldet Besuch für Jerry Cotton. Eine Dame. Miß Lorraine Smith.«

»Danke! Wir sind fertig. Lassen Sie Miß Smith nicht warten, Jerry!«

»Schicken Sie die Lady in unser Büro! Komm, Phil!«

»Ich wollte noch in die Kantine!« antwortete er. Sein Grinsen war deutlich, unverschämt und total unberechtigt, denn ich hatte nicht die geringste Ahnung, um wen es sich bei Lorraine Smith handelte.

Es handelte sich um ein schlankes, hochgewachsenes Mädchen in einem blauen Kostüm, einer weißen Bluse und mit schwarzen flachen Schuhen. Ihr Gesicht zeigte einen Anflug von Sonnenbräune. Als sie eintraf, warf sie mit einer knappen Kopfbewegung das nußbraune Haar in den Nacken. »Mr. Cotton?« Sie lächelte und zeigte makellose Zähne. »Ich heiße Lorraine Smith und studiere Soziologie.«

Sie setzte sich. Sie hatte hübsche Knie und erstklassige Beine. Die schwarze Kollegmappe legte sie auf den Schoß und zupfte den Saum ihres Rockes nach unten.

»Ich arbeite an einer Untersuchung über die soziologischen Grundlagen und Ursachen des Gangstertums in den USA. Ich möchte Sie bitten, mir eine Stelle in einer Gangsterorganisation zu verschaffen.«

»Wer hat Ihnen gesagt, der FBI wäre eine Art Arbeitsvermittlungsbüro für Unterweltjobs?«

»Ein Bekannter riet mir, mich an Sie zu wenden. Vielleicht habe ich mich falsch ausgedrückt. Natürlich erwarte ich nicht, daß Sie einen Gang-Boß anrufen und ihm sagen, Sie hätten eine gute Sekretärin für ihn. Der Mann würde mich niemals anstellen. Gang-Bosse sind sicherlich sehr mißtrauisch. Genau wie manche Chefs großer Industriefirmen, die ihren Mitarbeitern nie über den Weg trauen. Ich habe in vielen Konzernen gearbeitet; ich weiß es.«

Sie öffnete die Kollegmappe und legte einige Papiere auf meinen Schreibtisch. »Mein Ausweis als Mitglied des Soziologischen Harvard-Instituts und einige Unterlagen, die Ihnen beweisen, daß ich tatsächlich an einem Stoff über das Gangsterunwesen arbeite.«

Während ich in den Papieren blätterte, fuhr sie fort: »Ich könnte auf eigene Faust versuchen, Eingang in eine Bande zu finden, aber ich möchte keine ungesetzlichen Handlungen begehen. Darum komme ich vorher zu Ihnen. Ich hoffe, Sie können mir ein paar Tips geben, wie ich mein Ziel erreichen kann.«

»Genügen Ihnen nicht die offiziellen Statistiken des Justizministeriums?«

»Durchaus nicht! Wenn wir nicht die sozialen Entstehungsgesetze des Gangstertums untersuchen, werden wir nie zu einer erfolgreichen Bekämpfung gelangen. Die Maßnahmen der Polizei sind, genau betrachtet, außerordentlich primitiv, denn sie richten sich gegen die Auswirkungen, nicht gegen die Ursachen. Sie bekämpfen das Übel nicht an der Wurzel. Das ist nicht erstaunlich, denn . . .«

Sie geriet in Feuer. Das hier war ihr Thema, und sie redete zehn Minuten lang fließend und mit einer Menge Fremdwörter darüber. Sie sah hübsch aus, und ich ließ sie reden.

Nach einer Weile stoppte sie ihren Redefluß. »Oh, ich stehle Ihre Zeit, aber ich hoffe, Sie haben verstanden, wie wichtig meine Arbeit ist.«

»Ich habe verstanden, daß Sie mich und meine Kollegen abschaffen wollen, ausgenommen die Verkehrspolizei. Trotzdem kann ich nichts für Sie tun, außer Ihnen einen guten Rat zu erteilen. Gehen Sie nicht zu nahe ran!«

»Warum nicht?«

»Weil es gefährlich ist! Gangster mögen nicht befragt werden. In ihren Reaktionen machen sie keinen Unterschied, ob der lästige, vielleicht sogar gefährliche Frager ein Mann oder eine Frau ist!«

Noch lächelte sie. »Ich hoffe ein wenig auf Ihren Schutz. Natürlich möchte ich nicht als weiße Sklavin nach Brasilien verkauft werden oder sonst irgend etwas Schreckliches erleben.«

»Sie haben alle Aussichten, Schreckliches zu erleben, wenn Sie Ihren Plan nicht aufgeben.«

Jetzt lächelte sie nicht mehr. »Es tut mir leid, daß Sie

kein Verständnis für meine Arbeit aufbringen. Wahrscheinlich denken Sie tatsächlich nur an Ihren Job. Nun, ich werde auch ohne Ihre Hilfe weiterkommen. Nehmen Sie bitte zur Kenntnis, daß ich versuchen werde, mir einen Platz in der Gale-Organisation zu verschaffen.«

»Warum die Gale-Gang?«

»Weil sie in einer Krise steckt. Gesellschaftliche Strukturen lassen sich am besten in einer Krisensituation verfolgen, weil dann auf Tarnung der Zusammenhänge, wie sie sonst üblich sind, verzichtet wird.«

»Wer hat Ihnen das Geschwätz von der Krise verkauft?«

Sie fuhr hoch. »Das ist kein Geschwätz, sondern wissenschaftlich fundierte Erkenntnis.«

»Mag sein. Ich will wissen, wer behauptet hat, Gale befände sich in einer Krise.«

»Mein Bekannter, der mich auch zu Ihnen schickte. Er wurde Zeuge, wie ein Gangster des Gale-Syndikats erschossen wurde, und er glaubt, daß die Gale-Bande in einen Gangsterkrieg verwickelt ist. Krieg ist, soziologisch gesehen, immer eine Krise.«

»Also Harmon Loyd.«

»Richtig!«

»Seit wann kennen Sie ihn?«

»Ungefähr seit drei Monaten.«

»Sind Sie mit ihm befreundet?«

»Nicht sehr eng! Wir gingen einige Male miteinander aus; und irgendwie schaffte er es, mich dazu zu bringen, an einem Nachmittag fehlende Knöpfe an seine Hemden zu nähen.«

»Loyd sollte einem so freundlichen Mädchen nicht so üble Tips geben. Anscheinend fehlen ihm zur Zeit keine Knöpfe. Wenn Sie sich an Gale heranmachen, kann es leicht passieren, daß Sie als Knopfannäherin für immer ausfallen.«

Sie stand auf und packte ihre Unterlagen in die Kollegmappe zurück. »Sie nehmen mich nicht ernst, Mr. Cotton. Ich bedauere, daß wir uns nicht einigen können, aber ich hoffe, Sie sind fair genug, meine Pläne nicht zu durchkreuzen. Jeder hat das Recht, auf eigene Gefahr zu handeln.«

»Rufen Sie mich auf jeden Fall an, wenn die Gefahr zu groß wird.«

»Ich denke nicht daran, mich bei einer wissenschaftlichen Untersuchung vom FBI als Spitzel benutzen zu lassen.«

Ich begleitete sie zur Tür. Der Abschied fiel kühl aus. Ich rief die Mordkommission der City-Police an und bat um Loyds Adresse. Es war eine Adresse in der Bronx. Ich ließ Phil über die Hausrufanlage suchen. Er kam nach ein paar Minuten ins Büro.

»Wir sollten uns diesen Job teilen«, schlug ich vor. »Einer geht an die Kinner-Front, der andere zur Gale-Armee. Wenn wir die Banden auseinanderhalten wollen, müssen wir beiden Bossen ständig auf die Nerven fallen. Wen wählst du?«

Phil zog eine Münze. »Zahl ist Kinner.« Er warf die Münze hoch, fing sie auf und öffnete die Hand. Die Zahl lag oben. »Also für mich ›The Feather!‹« Wir verabredeten ein System, mit dem wir uns zu bestimmten Zeiten telefonisch erreichen konnten. »Hals- und Beinbruch!« wünschte Phil und verließ das Büro.

Ich nahm den Jaguar und fuhr in die Bronx. Unter Loyds Adresse fand ich ein kleines, leidlich gepflegtes Einfamilienhaus in einer Reihe gleichförmig aussehender Häuser. Die Grundstücke grenzten an die Grünanlagen des Harlem-River.

Es dauerte lange, bis auf mein Läuten reagiert wurde. Loyd selbst öffnete. Er war verschlafen, unrasiert und steckte in einem dunkelblauen, verknitterten Schlafanzug.

»Oh, Sie sind es, G-man!« stöhnte er und gähnte hemmungslos.

»Können Sie nicht noch einmal wiederkommen? Ich habe gerade eine Stunde geschlafen.«

Ich schob ihn aus dem Weg. Achselzuckend gab er den Eingang frei. »Kommen Sie ins Wohnzimmer!« seufzte er. »Wenn ich nicht auf der Stelle und in Ihrer Gegenwart wieder einschlafen soll, brauche ich einen Schluck.«

Sein Handwerkszeug, Kamera und Blitzgerät, lagen nachlässig auf einem Sessel. Loyd schlurfte zum eingebauten Barschrank und mixte sich einen Drink. »Unnötig, Ihnen etwas anzubieten, oder? G-men im Dienst trinken nicht, habe ich mir sagen lassen!«

»Stimmt. Loyd, wo waren Sie in der letzten Nacht?«

Er ließ sich in einen Sessel fallen. »Ihre Kollegen von der City-Police zwangen mich, ihnen bis ein Uhr morgens Gesellschaft zu leisten.«

»Und danach?«

»Danach war ich mächtig aktiv«, lachte er. »Ich sauste so lange in New York herum, bis ich alles über DiBello, Gale und ›The Feather‹ wußte.«

»Wer hat Ihnen die Informationen geliefert?«

»Ich müßte Ihnen zwei Dutzend Namen nennen, und von einigen Burschen weiß ich nicht einmal, wie sie heißen. Sie dürfen nicht vergessen, Cotton, daß ich kein G-man bin. Mir erzählen die Leute das eine oder andere, wenn ich ihnen einen Drink spendiere. Es waren nur Mosaiksteine, aber als ich sie zusammensetzte, erkannte ich, daß zwei große Gangs sich in die

Haare geraten sind. Ich bin gespannt, wann Ernest Gale seinen Gegenschlag landet.«

Ich verschwieg, daß Gale schon zugeschlagen hatte. »Und wann haben Sie Miß Smith aufgefordert, ihre Studien in der Gale-Bande fortzusetzen?«

Er stutzte. Dann fragte er lachend: »War die gute Lorraine etwa schon bei ihnen?«

»Vor einer Stunde!«

»Eifriges Mädchen! Ich rief sie gegen Mittag an und sagte ihr, daß ich Gale für die richtige Adresse hielte, aber ich riet ihr, vorher zu Ihnen zu gehen. Sie sucht schon seit Wochen nach einer Möglichkeit, um ihre Studien voranzutreiben.«

»Sie sollten ihr lieber ihre Absichten ausreden. Der Umgang mit Gangstern ist gefährlich.«

»Wenn Sie ein wenig Ihre Hand über Lorraine halten, wird ihr sicherlich nichts zustoßen. Am besten nennen Sie sie immer mit ihrem Vornamen. Schon ihre Mutter ärgerte sich über den simplen Mr. Smith, den sie heiratete, und sie wählte aus diesem Grunde für ihre Tochter einen besonders pompösen Namen.«

Er trank sein Glas leer. »Außerdem halte ich Lorraine für viel temperamentvoller, als sie auf den ersten Blick scheint. Ich hatte nur nie die Zeit, es zu überprüfen. Nutzen Sie Ihr Chance, G-man!«

Ich nahm die Kamera vom Sessel, drehte sie in den Händen und öffnete den Verschluß. »Noch nicht nachgeladen?« fragte ich.

»Fotografieren war in den letzten zwölf Stunden für mich nicht aktuell.«

»Sie sollten Ihren alten Job möglichst bald wiederaufnehmen, Loyd, und am besten in einem anderen Stadtteil.«

Er schüttelte den Kopf. »Sie bringen mich nicht von

der Fährte, G-man. Außer Ihnen und noch einigen Polizisten bin ich der einzige Fotoreporter in New York, der weiß, daß sich demnächst einige Zwischenfälle zwischen Gale und Kinner ereignen werden. Ich hoffe, mit meiner Kamera rechtzeitig zur Stelle zu sein. Wenn Sie Gales ›Silver-Strike-Club‹ in den kommenden Nächten besuchen, werden Sie mich hin und wieder dort treffen.« Er stand auf und gähnte. »Darf ich Sie jetzt rauswerfen, Mr. Cotton? Ich möchte es vermeiden, in Ihrer Gegenwart einzuschlafen.«

»Gehört Ihnen das Haus?«

»Nur gemietet. Die Farbigen sind in die Nachbarstraße vorgerückt. Das drückt die Mieten, so daß sogar ich mir ein ganzes Haus leisten kann.«

Er grinste. »Ich feiere von Zeit zu Zeit gern 'ne Party. Gewöhnlich geht es dabei laut zu. Früher, als ich noch in großen Häusern wohnte, gab es immer Ärger mit irgendwelchen Leuten rechts, links, über oder unter mir.«

Höflich begleitete er mich bis zur Tür. »Noch eins, G-man. Wenn ich auf irgend etwas stoße, von dem ich meine, daß die Polizei es wissen sollte, werde ich Sie informieren. Ich möchte lieber mit Ihnen, als gegen Sie arbeiten.«

Ich fuhr zum Gale-Club. Zu dieser Stunde, ungefähr sechs Uhr am Nachmittag, strahlte der Laden nicht mehr Sünde aus als ein Singlokal der Heilsarmee. Ich gelangte nur durch den Lieferanteneingang hinein, weil gerade zwei Dutzend Kisten Sodawasser geliefert wurden. Die Stühle standen auf den Tischen. Drei dunkelhäutige Putzfrauen hantierten mit Staubsaugern und Bohnermaschinen. Ich fragte nach dem Boß und wurde in das Personalbüro geschickt, in dem ein schwammiger Mann hinter einem papierübersäten

Schreibtisch hockte und an einer Rechenmaschine hantierte.

Der Anblick des FBI-Ausweises gefiel ihm nicht. »Ich bin nur für die Abrechnungen verantwortlich«, sagte er. »Nur eine Art Buchhalter.«

»Wo finde ich Gale?«

»Keine Ahnung, Mr. G-man! Soviel ich weiß, ist er ausgefahren.«

Ich setzte mich auf eine Kante des Schreibtisches. »Erzählen Sie mir Einzelheiten über Ihren Job!«

Er stotterte artig herunter, was er alles zu tun hatte, und er stotterte die reine Wahrheit. Gale betrieb den ›Silver-Strike‹-Club als solides Unternehmen, in dem alle Steuern und die Krankenversicherung für die Angestellten bezahlt wurden. Er ließ weder gepanschten noch unverzollten Whisky verkaufen, und er duldete nicht, daß der Keeper und Kellner auf eigene Rechnung Hasch oder Koks lieferten. Der schwammige Bursche war wirklich nichts anderes als Gales Vertrauensmann für den legalen Teil seiner Firma.

Während er redete, fingerte ich an den Blättern einer Kartei herum, die in einem offenen Kasten auf dem Schreibtisch stand. Es war die Personalkartei. Carlo DiBello war nicht darin verzeichnet, nicht einmal Nelson Giordano, aber ich fand die Karte von Claire Meola. Ihre private Adresse war angegeben. Ich merkte sie mir.

»Sagen Sie Gale, daß ich ihn heute nacht aufsuchen werde!«

Ich fuhr zur 2. Avenue. Claire Meola wohnte im Block 230, einem vielstöckigen Hochhaus, das sich zwischen der 9. und 11. Straße erstreckte.

Diese Wohnmaschine besaß ein Dutzend Eingänge, sieben Aufzüge und auf jeder Etage Hinweisschilder zur Orientierung. Die Apartment-Nummer der Tänzerin war 4 K 82. Ich erwischte den falschen Eingang und trabte durch lange Korridore, bevor ich endlich vor K 82 stand.

Ich wollte auf die Klingel drücken und stellte dabei fest, daß die Tür nicht geschlossen war. Vorsichtig öffnete ich sie weiter. Sie führte in eine winzige Diele, nicht größer als eine Besenkammer. Dem Eingang gegenüber befand sich ein roter Plüschvorhang, der halb zurückgezogen war, so daß ich in den Raum dahinter hätte blicken können, wenn nicht ein Mann vor dem Spalt gestanden hätte. So sah ich nur seinen Rücken, den massiven Nacken und den runden Schädel mit dem kurzgeschnittenen schwarzen Haar.

»Zieh keine Show ab, Süße!« hörte ich die Stimme des Mannes. »Du weißt doch, daß ich mit Carlo befreundet war, und er hatte nie Geheimnisse vor mir. Er hat immer gesagt, ich könnte dich haben, wenn er dich nicht mehr braucht, und, verdammt, ich kenne niemand, der weniger Verwendung für ein Girl hätte als er.«

»Raus!« Die Stimme der Tänzerin zitterte vor Wut. »Geht zur Hölle, ihr Dreckskerle!«

»Halt die Luft an!« knurrte der Mann. »Carlo wußte, wie er dich zu behandeln hatte, und ich weiß es auch. Du kannst genug von dem Zeug haben, auf das du so scharf bist, aber ich verlange die gleichen Gegenleistungen.«

»Vergiß mich nicht, Barnie!« meldete sich ein zweiter Mann.«

»Das geht in Ordnung, Ed! Hör zu, Mädchen! Ed und ich werden dir alle anderen Kerle vom Hals halten. Noch keine Frau ist daran gestorben, wenn sie . . . He, was machst du!«

»Ich schieße euch nieder, wenn ihr nicht sofort verschwindet!« schrie Claire Meola. Ihre Stimme überschlug sich.

»Mach dich nicht lächerlich!« knarrte Barnie. »Nimm ihr das Spielzeug weg, Ed!«

»Ich drohe nicht nur. Ich werde schießen!«

»Finger vom Telefon! Los, Ed!«

Ed schien keine Lust zu haben. Ich sah , daß Barnie die Schultern bewegte. Claire Meola rief: »Sergio, bitte . . .«

Der Mann, dessen Rücken ich sah, bewegte sich schnell. Mit einem Satz verschwand er aus meinem Blickfeld. Die Tänzerin schrie auf. Ein Gegenstand fiel polternd um.

»Genau der richtige Zeitpunkt für die erste Lektion!« sagte der Mann.

Mit zwei Schritten durchquerte ich die Diele und riß den Vorhang zur Seite. Claire Meola wand sich in den Händen des Mannes. Der zweite stand in der Nähe des Fensters.

Als ich auftauchte, schoß er auf mich zu.

»Raus! Das ist 'ne Familienangelegenheit!«

Er stieß mir beide Hände vor die Brust und versuchte, mich in die Diele zurückzudrängen. Als er meinen Widerstand spürte, schlug er ohne jede Warnung einen blitzschnellen Haken, der meinem Kinn galt.

Ich riß den Kopf zur Seite. Seine Faust zischte an meinem Ohr vorbei ins Leere. In der nächsten Sekunde traf mein Konterschlag seine Magengrube. Er verzog das Gesicht.

Der andere Gangster schleuderte die Frau von sich wie einen leblosen Gegenstand. Sie stürzte über einen Sessel, der kippte um, und die Frau rollte über den Boden bis an die Wand, wo sie liegenblieb.

Ich wich auch dem nächsten Haken des Gangsters

aus. Dann aber packte ich mit einem blitzschnellen, viele hundertmal geübten Griff seinen Arm am Handgelenk und setzte gleichzeitig einen Fuß hinter sein Standbein. Ich drückte den Arm des Gangster über seine eigene Schulter nach hinten. Er mußte mit dem gesamten Oberkörper folgen. Jetzt brauchte ich nur noch im richtigen Moment loszulassen – und der Bursche fiel seinem eigenen Komplizen genau vor die Füße, sobald der heranstürmte. Eiskalt wartete ich den richtigen Moment ab, dann ließ ich Ed los.

Meine Rechnung ging auf. Barnie begriff viel zu spät, was ich mit ihm vorhatte. Mit einem Wutschrei stolperte er über seinen Kollegen, geriet ins Schwanken, ruderte verzweifelt mit beiden Armen, um sein Gleichgewicht nicht vollends zu verlieren. Dabei lief er genau in meinen blitzschnell und mit aller Kraft hochgerissenen linken Haken hinein.

Er taumelte. Ich setzte sofort mit einer knallharten Serie von Schlägen auf die kurzen Rippen nach. Das nahm ihm vollends die Luft.

Barnie knickte zusammen, krachte mit dem Rücken gegen den Schreibtisch und stützte sich gerade noch im allerletzten Moment mühsam ab. »G-man!« schrie Claire Meola in diesem Augenblick. »Vorsicht!«

Ich schnellte ohne jede Rücksicht auf Barnie herum. Ed lag noch auf dem Boden, hielt seine Kanone aber schon in der Hand.

Ich traf mit einem genauen Kick seinen Unterarm. Er verlor die Waffe, warf sich auf den Bauch und versuchte, sie mit der linken Hand wieder zu erwischen.

Ich zauberte den 38er aus der Halfter.

»Schluß der Vorstellung!« sagte ich. »Keine Kunststücke mehr! Mein Bedarf an Akrobatik ist endgültig gedeckt!«

Barnie ließ seine inzwischen schon wieder erhobenen Fäuste sinken, Ed erstarrte mitten in seinen Bemühungen, seine Kanone zu angeln.

»An die Wand!« fauchte ich Barnie an.

»Das ist doch ein Mißverständnis!« knarrte der Gangster, und seine Stimme klang gequetscht. »Sind Sie wirklich ein G-man?«

Ich holte einen 40er Colt aus der Halfter unter seiner Achsel.

»Ich hab' 'ne Erlaubnis für das Ding!« versuchte es Barnie noch einmal, aber ich reagierte nicht, sondern sorgte nur dafür, daß er hübsch an der Wand blieb. Dann gab ich Ed einen Wink.

»Los, hoch mit Ihnen!« befahl ich.

Ed richtete sich auf und preßte seine Hand gegen den Leib. »Mann, mir ist richtig übel«, stöhnte er.

Ich ging, ohne die beiden Gangster aus den Augen zu lassen, zu Claire Meola. Sie stand ohne meine Hilfe auf. »Danke«, sagte sie leise.

»Kennen Sie die Männer?«

Claire Meola nickte.

»Ed Orff und Bernard Hults. Sie waren Freunde von DiBello. Sie pokerten und soffen mit ihm. Jagen Sie sie raus, G-man! Ich kann ihre Gesichter nicht mehr sehen.«

Ich erinnerte mich daran, daß Hults mir gestern begegnet war, als Phil und ich Gales Büro verlassen hatten. Orff hatte ich vorher nie gesehen. Beide waren keine Typen, denen man gern die eigene Tochter anvertraut hätte, obwohl Hults nach landläufigen Begriffen nicht schlecht aussah. Er war groß, breitschultrig, ungefähr dreißig Jahre alt. Mit dem kurzgeschorenen Haar erinnerte er an einen Sergeant der Marineinfanterie in Zivil. Edwin Orff war einen halben Kopf kleiner, plumper, zehn Jahre älter. Beide trugen zu grelle Krawatten, gesteppte Schuhe und gestreifte Anzüge.

»Sie sind von ihnen angegriffen worden, Miß Meola! Wir können ...«

»Ich will mich nicht mit ihnen vor einem Gericht herumstreiten«, schrie sie. »Schicken Sie sie zu ihrem dikken Boß zurück!«

»Wir sehen uns noch wieder!« sagte ich.

Hults streckte die Hand aus. »Mein Colt! Ich habe ...«

». . . einen Waffenschein; ich weiß. Wenn er in Ordnung ist, können Sie sich Ihre Kanone im Hauptquartier abholen.«

Sie sammelten ihre Hüte ein und wichen zur Tür zurück. Hults blickte an mir vorbei das Mädchen an. »Ich glaube nicht, daß der Boß sich darüber freuen wird, wenn er erfährt, daß du mit 'nem Schnüffler schläfst.«

Er drehte ab und schmetterte die Wohnungstür ins Schloß. Sie sprang sofort wieder auf. Das Schloß war nicht in Ordnung.

»Man muß den Schlüssel umdrehen«, sagte die Tänzerin. Sie trug ein einfaches weißes Kleid. Das Haar fiel in einer schlichten Frisur glatt bis zu den Schultern. Ihre Füße steckten in flachen Slippern. Trotzdem wirkte sie noch immer überdurchschnittlich groß. Ohne Schminke war ihr Gesicht blaß und zeigte an den Mundwinkeln dünne Falten.

»Was wollten sie von Ihnen?«

»Haben Sie es nicht gehört? Nichts anderes als DiBello immer von mir wollte. Liebe, genauer gesagt das, was er unter Liebe verstand, und Geld. Beschützerhonorar! Die Hälfte meiner Gage und was immer ich sonst noch verdiente. Hults und Orff wollten ihn beerben. Dieses Mal sollte ich sogar für zwei arbeiten und zwei lieben.«

Sie zuckte verächtlich mit den Schultern. »Hults fürchtete, er könnte mich nicht allein gegen andere Interessenten verteidigen. Darum brachte er Orff mit, der als besonders rauher Bursche gilt. Ohne Sie, G-man, wäre ich jetzt ein armes, doppelt vergewaltigtes Mädchen.«

»Hätte Sergio nicht mehr rechtzeitig hiersein können?«

Das zynische Lächeln verschwand von ihren Lippen. »Welcher Sergio?«

»Versuchten Sie nicht, einen Mann mit Namen Sergio anzurufen?«

»Ein Bluff!« antwortete sie. »Ich versuchte, sie zu bluffen; zuerst mit der Pistole, dann mit dem Anruf.«

Die Pistole lag auf dem billigen Teppich. Ich hob sie auf. Es war eine 22er, aber Kammer und Magazin waren leer. Auch das Telefon lag auf dem Boden, hatte den Aufschlag nicht überlebt und gab keinen Ton mehr von sich. Die Leitung war tot.

»Haben Sie sich nie bei Ernst Gale über DiBello beschwert?«

»Im Anfang habe ich es versucht. Er legte mir seine Pranke auf den nackten Rücken und sagte: Kind, mit seinem Privatleben muß jeder selbst fertig werden. Er ist durchaus damit einverstanden, daß die Girls des ›Silver-Strike‹-Clubs von den Gorillas unter Druck gesetzt werden. Keine von uns könnte es wagen, gegen Gales Willen den Vertrag zu kündigen. Mir hätte DiBello eine Kündigung mit seinen Methoden ausgeredet; bei den anderen wäre es ein Jim, Hank, Slim gewesen oder wie immer die sogenannten Freunde heißen.«

»Solche Methoden verstoßen gegen mindestens ein halbes Dutzend Gesetze. Warum hat nie jemand von Ihnen . . .«

Sie ließ mich nicht aussprechen. »Ein Show-Girl riskiert vielleicht sein Leben, aber niemals seine Schönheit, sein Gesicht, die Figur oder was es sonst aufzuweisen hat. Damit drohen sie: Messer und Säureflasche. Gale war ohnedies unerreichbar. Sein Name fiel niemals. Seine Leute hätten es als Eifersuchtstat dargestellt und wären für ein oder zwei Jahre ins Gefängnis gegangen.« Sie blickte in einen Spiegel über dem Barschrank und fuhr mit einer Hand durch ihr Haar.

»Ich lasse mir meine Chance nicht entgehen. Der Mann, der mich aus angeblicher Eifersucht lädieren könnte, ist tot. Bei jedem anderen wäre es unglaubhaft. Nur aus diesem Grund habe ich mich so verzweifelt gegen Hults und Orff gewehrt. Nichts von allem, was sie mir hätten antun können, wäre mir neu gewesen. DiBello war ein perfekter Lehrmeister. Aber ich will frei sein. Ich habe Gale geschrieben und den Kontrakt gekündigt. Er wird sich hüten, mir irgendeinen seiner Gorillas zu schicken. Ein Show-Girl mehr oder weniger ist für seinen Laden ohne Bedeutung, und da DiBello nicht mehr auf mich ›einwirken‹ kann, verzichtet Gale lieber auf mich, als meinetwegen einen Fehler zu begehen. Ich bin zu unbedeutend.«

»Aus Ihren Worten kann ich schließen, daß Sie DiBellos Tod gewünscht haben.«

»Ich bin glücklich darüber, G-man.«

»Viele Leute versuchen, ihrem Glück nachzuhelfen. Sie spielen, wetten auf Pferde und bezahlen im schlimmsten Falle einen Killer, wenn die Erbtante sich noch immer der besten Gesundheit erfreut.«

»Ich habe nicht genug Geld, um einen Killer zu bezahlen.«

»Eine Frau Ihrer Klasse muß nicht unbedingt in Dollars zahlen.«

Zeichnete sich in ihrem Gesicht Angst ab? War ich unversehens auf die richtige Fährte gestoßen? War der Mord, der einen Gangsterkrieg auszulösen drohte, begangen worden, um eine schöne Frau aus den Klauen ihres brutalen Liebhabers zu befreien? Gab es Sergio doch?

Sie schüttelte den Kopf. »Ich hätte nicht offen sein sollen. Wenn ich Ihnen Trauer um DiBello vorgeheuchelt hätte, wären Sie nicht auf den Gedanken verfallen, ich könnte den Mord angestiftet haben.«

»Wußten Sie, daß DiBello den ›Point‹ abkassierte?«

»Durchaus, G-man! Er hat mich selbst dort schon an den Mann gebracht, als er mit seinen Wetten besonders schiefgelegen hatte. Später geschah es nicht mehr. Vermutlich hatte Gale davon erfahren und es verboten.«

»Hatte DiBello persönliche Feinde?«

»Wahrscheinlich. Ich habe mich nie dafür interessiert.«

»Vielleicht sollten Sie nicht hier wohnen bleiben. Hults und Orff könnten ihren Versuch wiederholen. Außerdem bin ich nicht sicher, ob Gale Ihre Kündigung widerspruchslos hinnimmt. Ich habe Ihre Show gesehen. Sie sind großartig!«

Ein Hauch von Röte färbte ihre Wangen. »Danke! Ja, ich werde die Wohnung wechseln.«

»Wohin werden Sie gehen?«

»In irgendein anderes Apartment oder ein Hotel.«

»Geben Sie uns auf jeden Fall Ihre neue Adresse.« Ich suchte ihren Blick. »Auf jeden Fall, Miß Meola! Verlassen Sie nicht New York, ohne den FBI zu informieren.«

»Schon gut! Ich weiß, daß Sie mich auf die Liste der Verdächtigen gesetzt haben.«

Sie brachte mich zur Tür. Als ich auf dem Flur stand, hörte ich, daß sie abschloß.

Der ›Silver-Strike‹-Club startete den ersten Durchgang der Show um zehn Uhr mit einer relativ harmlosen Ausgabe, in der viel getanzt, gesungen und nur wenig gestrippt wurde.

Ich saß seit zwei Stunden an der Bar und hielt mich an einem Glas Orangensaft fest. Weder Ernest Gale noch Nelson Giordano waren bisher aufgetaucht.

Während die Show lief, begann sich der Club zu füllen. Die Männer trugen gewöhnlich Smokings oder weiße Dinnerjacketts, obwohl keine Abendkleidung verlangt wurde. Die wenigen Frauen, die von den Männern mitgebracht wurden, trugen Cocktailkleider.

Auch Harmon Loyd, der Fotograf, hatte sich in einen Smoking geworfen. Als er mich sah, schwang er sich auf den Nachbarhocker.

»Hallo, G-man! Warten Sie auch darauf, daß die nächste Runde eingeläutet wird?« Er baute Kamera und Blitzgerät vor sich auf die Theke.

»Scotch mit Soda!« bestellte er beim Keeper.

Der Mixer wies mißbilligend auf die Kamera. »Sie dürfen hier nicht fotografieren.«

»Darüber entscheidet dein Chef, nicht du!« blaffte Loyd. Der Keeper zog sich zu seinen Flaschen zurück.

»Wenn Sie lange genug aushalten, werden Sie Lorraine Smith sehen«, berichtete er. »Sie rief mich an und fragte mich, wo und wann sie Ernest Gale am besten um einen Job angehen könnte. Ich empfahl ihr den ›Silver-Strike‹-Club und als Zeit ungefähr Mitternacht.«

»Sie empfahlen ihr nicht, auf ihren Plan zu verzichten?«

»Ich denke nicht daran, den Fortschritt der Wissenschaft aufzuhalten. Außerdem ist Lorraine verdammt dickköpfig. Haben Sie es nicht gemerkt?«

Eines der Bargirls, das dem Mixer half, den Getränkekonsum anzuheizen, beugte sich zu mir herüber. Es war eine Rothaarige mit dick ummalten Augen und einem schwindelerregenden Ausschnitt.

»Sind Sie Mr. Cotton?« Ich bejahte. »Telefon für Sie, Mr. Cotton!«

Sie schob mir den Apparat herüber. Ich nahm ab. Phil meldete sich. »Erkennungszeichen?« Ich pfiff drei Töne, wie wir es vereinbart hatten.

»Okay! Ich fürchte, es gibt noch heute nacht einen Tanz. Kinner raste während des ganzen Tages wie ein Wahnsinniger durch sein Revier. Er sprach mit drei Dutzend Männern, und diese Männer sind seitdem von der Bildfläche verschwunden. Wahrscheinlich hat ›The Feather‹ sie irgendwo für einen Angriff auf ein Gale-Objekt bereitgestellt.«

»Auf welches Objekt?«

»Keine Ahnung, Jerry! Kinner ist ein Hitzkopf. Durchaus möglich, daß er sofort Gales Hauptquartier aufs Korn nimmt.«

»Gale ist nicht hier!«

»Sicher kümmert auch er sich um die Aufstellung seiner Armee.« Harmon Loyd blickte mich an, und seine Ohren schienen zu wachsen.

Ich lächelte, stemmte einen Fuß gegen die Rückenlehne seines Hockers und drehte den Sitz so herum, daß er mir den Rücken zuwandte.

»Triff mich in einer halben Stunde an Punkt 3!« Wir hatten unter Deckzahlen einige Treffpunkte in New York verabredet. Nummer 3 lag dem Nachtclub am nächsten.

Ich legte auf und zahlte für den Orangensaft. »Geben Sie mir einen Tip, G-man!« bat Loyd.

»Gerne! Legen Sie sich ins Bett! Heute nacht wird nichts passieren!«

»Das ist kein Tip, sondern eine Lüge!«

Er blickte zur Tür. »Dort kommt Gale!«

In seinem schlampigen, sackweiten Anzug sah Ernest Gale zwischen den Smokings, Cocktailkleidern und den Brokatkostümen der Serviermädchen wie ein Tramp aus, der ins falsche Lokal gestolpert war. Er brachte Nelson Giordano und zwei Leibwächter mit.

»Hallo, G-man!« dröhnte er. »Haben Sie herausgefunden, wer Carlo erschossen hat?«

»Wer hat Hank Mirsky umgebracht?«

»Fragen Sie Kinner! Sie sind ja auch bei Carlos Ermordung zu mir gekommen.«

»Sie sind zu selbstsicher, Gale! Irgendwann werde ich einen der Leute, die Sie benutzen, zum Reden bringen. Wenn ich nur einen Mann fasse, der in dem ›Quick-Service‹ mitgewirkt hat, genügt das.«

Er zog die Augenbrauen hoch. »Reden Sie von Kinners Abfütterungsschuppen in der 96.?«

»Selbstverständlich.«

»Was soll dort passiert sein? Erzählen Sie es mir im Büro!«

Giordano und die beiden Leibwächter blieben vor der Tür. Gale ließ sich in seinen Spezialsessel fallen. Mechanisch drückte er auf den Knopf, der den Mechanismus für das Bild vor dem Spiegelfenster freigab. In der Garderobe der Girls war nicht viel los.

»Was geschah in der 96.?«

»Es steht in den Abendzeitungen.«

»Ich habe noch keine gelesen.«

»Sie müßten es trotzdem wissen – gerade Sie!«

»Ich verstehe! Sie meinen, ich hätte die Finger drin! Erzählen Sie trotzdem!«

In drei Sätzen schilderte ich die Ereignisse in dem Selbstbedienungsrestaurant. Gale hörte aufmerksam zu. Er unternahm keinen Versuch, mir zu versichern, er wäre daran unbeteiligt. Er rieb nur sein massiges Kinn und brummte: »Das muß Kinner wild gemacht haben.«

Ich verzichtete auf eine Debatte, weil ich Phil leidlich pünktlich treffen wollte. Ich verließ das Büro. Loyd saß noch an der Bar. Neben ihm stand Lorraine Smith in demselben blauen Kostüm, das sie bei ihrem Besuch im Hauptquartier getragen hatte. Loyd machte sie auf mich aufmerksam. Sie wandte sich um und sah mir kühl entgegen.

»Hallo, Miß Smith!« begrüßte ich sie. »Ich habe einen schnellen Wagen draußen. Ich kann Sie überall hinbringen, wohin Sie wünschen.«

»Ich wünsche hierzubleiben und mich bei Mr. Gale um einen Job zu bewerben.«

Ich wies auf die Bühne, auf der eine Lady sich gerade einen Pullover über den Kopf zog. Als es gelungen war, schüttelte sie Haare und Busen.

»Finden Sie diesen Arbeitsplatz für Sie richtig?«

Loyd lachte. »Lorraine braucht keine Vergleiche zu scheuen.«

»Ich bin nicht prüde, Mr. Cotton.«

Loyd winkte der Rothaarigen. »Melden Sie Miß Lorraine Smith bei Mr. Gale an.«

Die Rothaarige musterte die Studentin geringschätzig. »Dieses Herzchen?« fragte sie.

»Eine Sekunde noch! Miß Smith, verschieben Sie Ihre Jobsuche um einige Tage.«

»Warum?«

»Es ist sicherer.«

»Ich suche nicht Sicherheit, Mr. Cotton, sondern Informationen.« Sie nickte der Rothaarigen zu. »Bitte, melden Sie mich an!«

Ich konnte sie nicht mit Gewalt aus dem Club tragen.

Zehn Minuten später traf ich Phil in einer Cafeteria, die unser Punkt 3 war.

»Zuletzt ging Kinner in sein Büro«, berichtete er, »aber ich bezweifle, daß er dort lange blieb.«

Ich dachte laut nach. »Wir können die City-Police bitten, den ›Silver-Strike‹-Club zu schützen. Ein halbes Dutzend Uniformen vor dem Eingang werden auch ›The Feather‹ veranlassen, auf einen Angriff zu verzichten. Das bedeutet nicht, daß er endgültig aufgibt. Er wird auf eine bessere Gelegenheit warten oder sich ein anderes Ziel suchen. Wir sollten versuchen, ihn anlaufen zu lassen und dann, eine Sekunde bevor es ernst wird, beide stoppen.«

»Also auch Gale!«

»Selbstverständlich. Er war den ganzen Tag über verschwunden. Auch er hat seine Armee mobilisiert.«

»Wir gehen ein hohes Risiko ein.«

»Okay, aber wenn wir es vermeiden, verschieben wir alles nur um einige Tage, ohne wirklich etwas zu ändern.«

»Und außerdem müssen wir uns die Nacht um die Ohren schlagen.«

»Richtig, das läßt sich nicht vermeiden. Komm!«

Es war einfach, Gales Nightclub zu beobachten. Eine tiefe Türnische auf der anderen Straßenseite bot erstklassige Deckung. Wir parkten den Jaguar in der nächsten Querstraße. Phil blieb im Wagen. Ich übernahm den ersten Wachturnus.

Ungewöhnliches geschah nicht. Ungefähr um Mitternacht verließ Lorraine Smith den Club. Der Negerportier pfiff ihr ein Taxi herbei. Bis ein Uhr kamen rund zwei Dutzend Gäste, die meisten in eigenen Wagen, die von dem Portier zum nahem Parkplatz gefahren wurden.

Um zwei Uhr ging ich zum Jaguar, weckte Phil und ließ mich ablösen. Ich kauerte mich in die Polster meines Schlittens, brachte die Beine irgendwie unter und schlief fest, bis Phil mich seinerseits um vier Uhr weckte. »Wir liegen schief«, sagte er lakonisch. »Nichts los!«

»Um sechs Uhr ist ohnedies Schluß.« Ich stieg aus und reckte die eingeschlafenen Glieder.

Ein Hauch grauen Lichts der Morgendämmerung lag in den Straßen. Über dem Eingang des Clubs zuckte noch immer der weiße Neonblitz, der den Namen symbolisierte. Der Negerportier lehnte an der Hauswand und pfiff einen Blues, um sich wach zu halten. Ich tauchte in die Türnische und richtete mich auf eine oder zwei Wartestunden ein. Ich stand knapp zehn Minuten, als ein Ford vor dem Eingang stoppte. Der Fahrer stieg aus, sprach mit dem Portier, übergab ihm den Schlüssel und sicherlich auch eine Dollarnote. Während der Farbige den Wagen zum Parkplatz steuerte, verschwand der Mann im Eingang unter der Neonreklame. Zehn Sekunden später tauchte er wieder auf, trat auf die Straße und blickte in Richtung Parkplatz, der sich in knapp fünfzig Yards Entfernung befand. Ich schob mich so weit vor, daß auch ich hinblicken konnte, ohne die Deckung verlassen zu müssen.

Der Portier bugsierte den Ford in eine Lücke. Dann löschte er die Scheinwerfer. Der Parkplatz war unbeleuchtet. Von dem Augenblick an, als die Scheinwerfer erloschen, waren Einzelheiten nicht mehr zu erkennen. Schemenhaft sah ich Gestalten, die neben dem Ford auftauchten. Gleich darauf hob der Mann vor dem Eingang den Arm. Ein Automotor heulte auf. Hundert Yards straßenaufwärts scherte ein Mercury aus und fuhr auf den Club zu.

Ich wartete den weiteren Gang der Ereignisse nicht länger ab, zischte aus der Toreinfahrt und raste im Schatten der Häuser zum Jaguar. Als ich den Schlag aufriß, fuhr Phil hoch. Ich warf mich hinter das Steuer. »Es geht los! Ruf das Hauptquartier! Fünf G-men!«

»Und Cops?«

»Noch nicht! Es darf kein Schuß fallen. Jeder Schuß kann ein Feuerwerk auslösen. Sag das unseren Jungs!«

Ich setzte den Jaguar mit Vollgas zurück, hieb dann den ersten Gang rein und jagte um den Block.

Es gab eine Möglichkeit, von der Rückseite und durch den Lieferanteneingang in den Club zu gelangen. Wir mußten ein flaches Dach überqueren und eine mannshohe Mauer überklettern.

Die Tür des Hintereingangs war nicht verschlossen. Sie führte in den Vorratsraum, und von dort aus gelangten wir in die Kulissen der kleinen Bühne. Wir turnten an den Stahlverstrebungen hoch, schlugen uns durch zwei oder drei Samtportieren und konnten hören, daß wir genau richtig kamen. Die Musik brach ab. Menschen schrien auf. Glas klirrte! Stühle fielen um. Jemand brüllte Flüche.

Ich kämpfte mich durch den letzten Vorhang. Grelles Scheinwerferlicht blendete mich. Ich prallte gegen ein Mädchen, das nackt war und wie am Spieß schrie. Ich schob das Stripgirl mit einer Armbewegung aus dem Weg. Die Scheinwerfer befanden sich auf einer schmalen Brücke über der Bühne. Eine kleine Stahlleiter führte an der linken Seite zu dieser Brücke hoch. Ich rannte zur Leiter, und während ich sie hochjagte, hörte ich Kinners kläffende Terrierstimme. »Runter! Alle auf den Boden! Es knallt, wenn sich jemand rührt! Macht weiter, Jungs!« Eine Batterie Flaschen zerplatzte.

Ich erreichte die Scheinwerferbrücke. Sie war schmal,

und der Beleuchter, von den Ereignissen zur Salzsäure verwandelt, blockierte den Weg zum Hauptscheinwerfer.

»Hinlegen!« brüllte ich ihn an. Er knickte in die Knie. Ich stieß ihn vor die Brust. Er fiel flach auf den Stahlsteg. Die Brücke wackelte in ihrer Aufhängung.

Ich schwenkte den Hauptscheinwerfer herum. Der weiße Lichtkegel wischte durch den Saal, erfaßte Menschen, die auf dem Boden lagen, kreischende Girls in knappen Brokatwesten, Männer, die mit schweren Knüppeln die Wandleuchten zertrümmerten und die Flaschenbatterien der Bar aus den Regalen räumten.

Aus den Türen zu den Garderoben stürzten massige Gestalten. Für eine Sekunde sah ich die Gesichter von Barnie Hults und Ed Orff. Obwohl die Kanonen, die ich ihnen abgenommen hatte, noch in der Waffenkammer des Hauptquartiers lagen, hielten sie schwere Colts in den Pranken.

Aber Colts waren nicht die gefährlichsten Waffen, die im Club gezeigt wurden. Links und rechts vom Eingang standen zwei Männer in Straßenanzügen, und in ihren Fäusten lagen Maschinenpistolen. Drei Schritte vor ihnen stand James Kinner, ›The Feather‹, schmächtig, in fleckenlosem Blau, beide Arme hochgeworfen. Der Brillant blitzte; der Platinring sah aus wie ein Teil eines Totschlägers. Die Adern an seinem Hals waren dick geschwollen, so brüllte er:

»Hier ist die Antwort, Ernie, du Fettwanst!«

Der Scheinwerferstrahl traf ihn. Ich konnte die Goldplomben in seinem aufgerissenen Maul sehen.

»Kinner!« überbrüllte ich den Krach. »Wenn hier ein Schuß fällt, bist du an der Reihe!«

Er warf den Kopf in den Nacken und starrte in das Scheinwerferlicht. Unter mir sprang Phil an den Rand der Bühne. Seine Stimme übertönte den Lärm: »FBI! Wer schießt, wird erschossen!« Hinter ihm lag das nackte Stripgirl auf dem Bauch, hatte die Perücke verloren und vergrub entsetzt das Gesicht in den Armen.

»Du wirst erschossen, Kinner«, nahm ich Phils Satz auf, »wenn deine Leute auf den Abzug drücken.«

»FBI!« wiederholte Phil. »FBI! Runter mit allen Schießeisen! Giordano! Gale! Stoppt eure Leute!«

Kinner ließ die Arme fallen. Sein Gesicht drückte die ungeheure Wut aus, von der er geschüttelt wurde, aber in die Wut mischte sich Angst. Er stand im grellen Scheinwerferlicht, und er wußte einen FBI-38er hinter diesem Scheinwerfer. Auch ›Feather‹ kannte die Gangsterweisheit: Schieß besser nicht offen auf einen G-man, denn meistens schießt er schneller.

Die Gentlemen mit den Knüppeln ließen ihre Werkzeuge sinken. Aus Giordanos, Hults', Orffs Fäusten verschwanden die Colts. Selbst die Mädchen stellten ihr Schreien ein. Die ersten besonders mutigen Smokinggäste erhoben sich aus Glassplittern und Sektlachen.

Kinner begriff, daß es im Club sehr bald von G-men oder Polizisten wimmeln würde. Er drehte den Kopf und schrie seinen Gangstern zu: »Verschwindet! Haut ab! Los! Alles raus!«

Die sahen sich an. Dann drängten sie sich gleichzeitig durch den Ausgang. Sie ließen ihre Kugelspritzen sinken und rannten weg. Ich verzichtete darauf, sie mit einer Kugel zu stoppen. Jeder Schuß konnte als Auslöser wirken. Besser, ein paar der Kinner-Gorillas verschwanden, als daß der Versuch, sie festzuhalten, eine Katastrophe verursachte. Drei, vier Mann ließen ihre Knüppel fallen und türmten. Die Flucht gelang nur noch zweien. Phil sprang von der Bühne herunter, zischte zwischen den Tischen durch und schnitt den Ganoven den Weg ab. Seine Faust mit dem 38er fuhr nieder. Der dritte und der vierte Gorilla stolperten und stürzten. »Und jetzt rührt sich besser keiner mehr vom Fleck!« rief Phil.

Beklemmende Stille breitete sich aus. Ein paar Smokingträger hielten die Arme hoch, obwohl es niemand von ihnen verlangt hatte. Kinner stand noch immer im Scheinwerferlicht. Von den Schlägern, die er mitgebracht hatte, machten sich drei Männer so schmal wie möglich. Giordano, Hults, Orff und vier andere harte Typen, die offensichtlich zur Gale-Gang gehörten, waren zu einer Gruppe zusammengerückt. Ernest Gale ließ sich nicht blicken.

Unten hob Phil den Arm. »He, Mr. Fotograf! Kommen Sie her!«

Harmon Loyd tauchte aus einer Ecke neben der Bar auf. Dicht an Kinner vorbei bewegte er sich auf Phil zu. »Leihen Sie mir Ihr Schießgerät!«

Er schob den 38er in den Hosenbund, nahm Loyd die Kamera aus den Händen und ging so gelassen, als befände er sich inmitten einer Geburtstagsgesellschaft, von einem Gangster zum anderen. Jeden blitzte er zweimal ab. Er sagte »danke« und ging zum nächsten weiter. Loyd, der noch das Blitzgerät trug, mußte ihm folgen. Phil schoß Fotos auch von den Gale-Gangstern. Giordano zog die Lippen von den Zähnen und schien etwas sagen oder unternehmen zu wollen, verzichtete dann aber darauf.

Phil blieb vor der Bühne stehen und blickte zu mir hinauf. »Alles okay, Jerry!«

»Okay!« bestätigte ich.

Das Stripgirl, dessen Show durch Kinners Überfall unterbrochen worden war, hatte sich aufgerichtet und stand verheult und frierend am Bühnenrand. »Ziehen Sie sich an, bevor Sie sich erkälten!« sagte Phil.

Am Eingang entstand Bewegung. Angeführt von Dirk Martin drangen ein halbes Dutzend G-men in den ›Silver-Strike‹-Club ein. Irgendwer drückte den Notknopf. Im fahlen Licht der Panikbeleuchtung, die dadurch eingeschaltet wurde, begannen sie Gangster und harmlose Gäste auseinanderzusortieren.

Ich verließ die Beleuchterbühne, ging auf Kinner zu und tastete ihn ab. Er trug eine Pistole in einer samtgepolsterten Schulterhalfter. Phil sammelte unterdessen bei Giordano und seinen Freunden ein.

»Kommen Sie, Kinner!«

»Wohin?«

»Zu einer Unterredung mit Ernie Gale!« Ich winkte Giordano. »Wo ist dein Boß?« Er reagierte nur mit einem Schulterzucken.

»Lassen Sie mich mit einem Anwalt telefonieren!« kläffte ›The Feather‹.

»Später!« Ich faßte seinen Arm und zog ihn mit. Wir fanden Gale in seinem Büro, nicht in seinem Sessel, sondern hinter dem Schreibtisch. »Hallo, Jimmy!« sagte er. »Ich habe selten einen größeren Idioten als dich gesehen!«

Kinner fuhr wie ein Terrier auf ihn los. »Du feige, fette Ratte! Du verkriechst dich schon hinter den Schnüfflern, weil du Angst hast. Wieviel hast du den G-men dafür bezahlt, daß sie deinen Laden behüten wie eine Amme ihren Kinderwagen?«

»Halten Sie die Luft an, Kinner!« Ich drückte ihn auf einen Stuhl. Widerstrebend gab er nach.

»Kinner, Sie sind mit einem Schlägertrupp hier aufgekreuzt, um Gales Club in Trümmer zu legen.«

»Verdammt, G-man, Sie waren dabei, als mein

›Quick-Service‹ zerhämmert wurde. Ich stecke nicht ein, ohne zurückzuschlagen.«

»Wer sagt dir, daß ich deinem Fütterungsschuppen auch nur auf 'ne Meile nahe gekommen bin?« knurrte Gale. »In den Eßwaren, die du verkaufst, würde ich aus Angst vor Vergiftung nicht mal mit den Füßen herumtreten.«

»Und Mirsky?«

»Und DiBello?«

»Den ›Point‹ habe ich dir abgetreten, und ich habe die Vereinbarung immer gehalten.« Gale warf mir einen finsteren Blick zu.

»Weiter! Rede immer weiter!« sagte er. »Der Schnüffler freut sich über jedes Wort.«

Kinner biß sich auf die Lippen.

Phil kam herein. Er hatte die Arme vollgepackt mit vier Colts und zwei schweren Pistolen. Vor Gales Nase ließ er das Arsenal auf die Schreibtischplatte poltern. Gale fuhr entsetzt zurück. »Keine Angst! Alles gesichert. Das ist die Ausrüstung Ihrer Leute, Mr. Gale! Was Kinners Verein mit sich schleppte, haben wir anderweitig sichergestellt.«

»Wir können Waffenscheine vorlegen!«

»Selbstverständlich, aber es gibt viele Möglichkeiten, Waffenscheine zu erschleichen, zu kaufen oder zu erpressen.« Der riesige Gangster schlug mit der Faust auf den Tisch.

»Zum Teufel, ist dieser Bursche in meinen Club eingedrungen, oder sind wir hier in einem Laden, der ihm gehört? Ich wehre mich, wenn jemand mein Eigentum zerschlägt.«

»Haben Sie die Polizei alarmiert?« fragte ich.

Gale runzelte die Stirn. »Ich wußte ja noch gar nicht, was überhaupt los war.«

Ich wandte mich an James Kinner. »Wußten Sie vorher, daß DiBello erschossen werden sollte?«

»Nein!«

Gale lachte. »Haben Sie erwartet, daß er Ihre Frage bejahte?«

»Ich habe auch eine Frage für Sie, Gale! Waren es Ihre Leute, die den ›Quick-Service‹ in der 96. zertrümmerten?«

»Nein!«

Kinner kläffte: »Du lügst, du verdammter Fettsack!«

»Hören Sie beide zu! Der FBI wird herausfinden, was mit DiBello geschah und wer sich unter den Masken in der 96. verbarg. Außerdem werden wir dafür sorgen, daß keine Seite den Krieg weiterführt. James Kinner, ich verhafte Sie wegen Anstiftung zu Gewalttaten, wegen gefährlichen Umgangs mit Schußwaffen und wegen der Beschädigung fremden Eigentums!«

»Großartig!« schrie Gale und klatschte Beifall. »Die vernünftigsten Sätze, die ich jemals von einem FBI-Mann hörte.«

Ich lächelte nicht. »Ernest Gale, Sie nehme ich in Haft unter dem Verdacht, Gewalttaten geplant und vorbereitet zu haben, statt sich zu Ihrem eigenen Schutz an die Polizei zu wenden.«

»Ist das Ihr Ernst, G-man?« Er traute seinen Ohren nicht.

»Durchaus!« Ich ging zu dem riesigen Spezialsessel, den er meistens nutzte. Ungefähr ein Dutzend Knöpfe waren in den Armlehnen eingebaut. Sie wissen, daß einer davon das Bild vor dem Fensterspiegel bewegte, ein anderer das Mikrofon der Sprechanlage freigab. Ich probierte die Knöpfe durch. Schon der vierte auf der linken Seite ließ einen Fernsehschirm links von dem Bild aufleuchten. Wir sahen das Hauptlokal des Nightclubs, aufgenommen durch eine versteckte Fernsehkamera. Ein anderer Knopf schaltete eine Kamera über dem Eingang ein. Gale konnte die Straße überblicken, ohne sich aus seinem Sessel zu rühren.

»Sie wußten, daß Kinner kam. Sie haben zahlreiche Menschen gefährdet.«

Ich beugte mich über den Schreibtisch. »Sie haben den Tod argloser Besucher Ihres Clubs einkalkuliert.«

»Das zu beweisen, wird Ihnen verdammt schwer werden, G-man! Kann ich mit meinem Anwalt telefonieren?«

»Natürlich. Und stellen Sie Kinner Ihr Telefon zur Verfügung, damit auch er seinen Rechtsberater anrufen kann. Übrigens werde ich keinen Ihrer Leute auf freiem Fuß lassen.«

Noch vor Gale griff ich zum Hörer und wählte die Nummer des Hauptquartiers. »Schickt genug Wagen, um ein rundes Dutzend Leute abzutransportieren. Einer von ihnen braucht einen Wagen für sich allein.« Ich drückte die Gabel nieder und reichte Gale den Hörer.

»Bitte.«

Es war schwierig, Gang-Bosse vom Schlage James Kinners und Ernest Gales hinter Gittern zu halten, wenn nicht eindeutige Beweise gegen sie vorliegen. Sie besitzen genug Dollars und können sich die besten Rechtsanwälte kaufen.

Die Anwälte kreuzten auf, bevor sich die Gittertüren hinter ihren Mandanten geschlossen hatten. Sie rückten uns mit allen Gesetzen zu leibe, die jemals im Gebiet der Vereinigten Staaten seit den Unabhängigkeitskriegen beschlossen worden waren. Wir ließen uns nicht einschüchtern, sondern schickten sie zu den Richtern weiter, aber New Yorks Richter reagierten ziemlich allergisch auf den Begriff ›Störung der öffentlichen Sicherheit‹. Genau unter dieser Bezeichnung beantragten wir eine Verlängerung der Haft. Wir erhielten sie. Zunächst für drei Tage durften wir Gale, Kinner und alle anderen festhalten.

Ich brauche Sie nicht mit Einzelheiten zu langweilen. Natürlich hielten alle Beteiligten eisern den Mund. Die Rechtsanwälte neutralisierten Phils und meine Zeugenaussagen durch allerhand Tricks. Da die Männer mit den Maschinenpistolen verschwunden waren, behaupteten sie, diese Waffen wären wahrscheinlich nur Attrappen gewesen. Die Erlaubnisscheine für die übrigen Kanonen waren leider okay, und der Reihe nach erklärten alle, angefangen von Nelson Giordano bis hin zu einem gewissen Rog Cant, der zu Kinners Verein gehörte, sie hätten nie die Absicht gehabt, die Waffen zu benutzen. Da tatsächlich niemand geschossen hatte, war es unmöglich, ihnen das Gegenteil zu beweisen.

Irgendwann brachten die Rechtsanwälte es fertig, daß Kinner und Gale sich verständigten. Sie verzichteten auf gegenseitige Anschuldigungen. Die ganze Sache wurde heruntergespielt, und allmählich begann sie so auszusehen, als hätten beide sich aus reinem Übermut ein paar Streiche gespielt, die sie selbst nicht ernst nahmen. Wir erreichten zwar noch einmal eine Haftverlängerung auf insgesamt eine Woche, aber am Ende der Woche stand fest, daß alle Beteiligten in Kürze gegen unterschiedlich hohe Kautionen vom Gericht auf freien Fuß gesetzt werden mußten. Die Kautionsgelder aufzubringen war weder für Kinner noch für Gale ein Problem.

Am letzten Tag der Woche saßen Phil und ich in Mr. Highs Büro. Der Chef faßte das Ergebnis zusammen.

»Im Laufe der nächsten 48 Stunden werden alle freigelassen. Wir könnten nur einen Aufschub der Gerichtsentscheidung über die Kautionshöhe erreichen, wenn wir Beweise für die Morde an DiBello und Mirsky anbieten könnten. Irgendeine Chance, solche Beweise in 24 Stunden zu finden?«

»Keine, Sir!«

Mr. High fächerte Vergrößerungen der Fotos, die Phil mit Loyds Kamera geschossen hatte, auf den Tisch. Er teilte sie in zwei Hälften. »Wenn DiBello von einem Kinner-Gangster erschossen wurde, so müßte einer dieser Männer der Mörder gewesen sein.« Er legte zwei Fotos hinzu. »Auch diese beiden kommen in Frage. Sie heißen Dennis Deer und Sam Flyn. Einige Gäste haben sie als die Männer mit den Maschinenpistolen identifiziert. Sie selbst, Jerry und Phil, sind nicht sicher, ob es sich tatsächlich bei der MPi-Eskorte um die beiden handelt.«

»Sie trugen Hüte und dunkle Brillen, und meine Aufmerksamkeit konzentrierte sich auf Kinner«, antwortete ich.

»Wahrscheinlich waren sie es, obwohl sie sogar Alibis beigebracht haben. Es hat zu lange gedauert, bis wir sie fanden. Sie hatten genug Zeit, um sich die Alibis zusammenzubasteln. Auf jeden Fall gehören sie zur Kinner-Gang. Die Maschinenpistolen konnten wir nicht finden.« Er tippte mit dem Kugelschreiber auf die Fotos. »Haben Sie schon geprüft, ob Deer und Flyn bei dem Überfall auf den ›Quick-Service‹ eine Rolle gespielt haben könnten? Selbstverständlich scheint es unsinnig, daß ›The Feather‹ sein eigenes Unternehmen überfallen läßt, aber vielleicht startete er einen gigantischen Bluff aus Gründen, die wir noch nicht kennen.«

Mr. High schob die Fotos zusammen. »Wir kennen jetzt die Leute, mit denen Kinner arbeitet. Die wichtigsten Mitglieder der Gale-Garde kannten wir. Ich glaube, daß der Mord an Carlo DiBello vielleicht eher aufzuklären ist als der Mord an Mirsky. Die Kinner-Organisation ist nicht so straff wie das Gale-Syndikat.«

»Andererseits müssen wir damit rechnen, daß James Kinner eigenhändig einen Mord begeht«, warf Phil ein.

»Leider richtig, Phil. Trotzdem hoffe ich noch immer, daß dieses Verbrechen der Ansatzpunkt wird, von dem aus wir endlich beide Syndikate aufrollen können.«

Mr. High gab uns die Fotos. »Wir haben erreicht, daß der Gangsterkrieg nicht stattfindet. Gale und Kinner haben sich in ihren Zellen abgekühlt. Sie scheinen eine Vereinbarung miteinander getroffen zu haben!«

Nachdenklich drehte er den Kugelschreiber zwischen den Fingern. »Sie werden ihre schmutzigen Geschäfte betreiben, ohne sich gegenseitig zu stören. Also müssen wir sie stören, und möglichst lahmlegen!« Mr. High sah uns an. »James Kinner und Ernest Gale sind immer noch Ihre vordringlichste Aufgabe.«

Wir standen auf. Unser Chef zog eine Schublade auf und reichte Phil einen Streifenabzug des Films aus der Loyd-Kamera. »Brauchen Sie ihn noch?« Phil warf einen Blick darauf. »Oh, danke, Sir!« Blitzschnell stopfte er den Streifen in die Tasche, und ich sah, daß er rot bis zu den Ohren wurde.

Jenseits von Mr. Highs Büro zog ich den Streifen aus seiner Tasche. Er versuchte, es zu verhindern, aber ich war zu schnell.

»Nur die Fotos von den Ganoven, von denen wir jetzt die Vergrößerungen haben«, protestierte er. Ich faltete den Streifenabzug auseinander. Das letzte Foto zeigte das Stripgirl auf der Bühne, genau aus dem Winkel fotografiert, in dem Phil vor der Rampe gestanden hatte. Ich gab ihm den Streifen zurück. Er riß ihn in Fetzen.

»Ein Versehen«, sagte er. »Ich habe versehentlich auf den Auslöser gedrückt. Glaubst du mir?« Er ballte die Faust und hielt sie mir vor die Augen.

»Selbstverständlich«, versicherte ich. Dann lachten wir beide. Vierundzwanzig Stunden danach erfuhren wir, daß James Kinner gegen eine Kaution von zwanzigtausend Dollar und Ernest Gale gegen eine solche von zehntausend freigelassen worden waren. Für die übrigen Mitwirkenden des Zusammenstoßes wurden Beträge zwischen fünf- und zehntausend Dollar vom Gericht festgesetzt.

Noch einmal 24 Stunden später wurden zwei Männer getötet, und der Gangsterkrieg brach aus.

Die beiden Männer, die vermutlich Kinner mit Maschinenpistolen Flankenschutz gegeben hatten, hießen Dennis Deer und Samuel Flyn. Sie waren verschwägert. Irgendwann, vor Jahren, hatte Flyn eine Deer-Schwester geheiratet. Die Freundschaft zwischen beiden Männern hatte sich als widerstandsfähiger erwiesen als die Ehe. Mrs. Flyn, geborene Deer, hatte sich längst scheiden lassen. Flyn und Deer hausten gemeinsam in einer Wohnung, nicht weit vom 41. Pier. Sie galten als Berufsgangster der harten Sorte. Beide waren ungefähr vierzig Jahre alt. Deer hatte einmal unter Mordverdacht vor Gericht gestanden, mußte aber wegen Mangels an Beweisen freigesprochen werden. Flyn hatte fast zehn Jahre wegen Raubüberfalls, Einbruchs und Körperverletzung abgesessen.

Da sie rechtzeitig aus dem ›Silver-Strike‹-Club geflohen waren, wurden sie zwar verhört und einigen Augenzeugen gegenübergestellt, mußte aber freigelassen werden, denn die Zeugenaussagen widersprachen sich. Ich hatte mich an der Vernehmung nicht beteiligt und mein Gesicht nicht gezeigt. Da ich annehmen konnte, daß Deer und Flyn mich auch hinter dem Scheinwerfer nicht gesehen hatten, setzte ich beide auf die erste Stelle meines Programms.

Die City-Police lieferte uns einige Tips über die Gewohnheiten beider Gangster. So stand ich ab zehn Uhr abends an der Theke einer Kneipe, die nur eine Straßenecke von dem Haus, in dem Deer und Flyn wohnten, entfernt lag. Ich trug einen Anzug, der nicht aus meinem Kleiderschrank, sondern aus der Ausrüstungskammer des FBI stammte. Er besaß jene grelle Eleganz, die gutverdienende Gangster der unteren Kategorie bevorzugen. Die Schuhe waren dick gesteppt, und die Krawatte schillerte wie poliertes Aluminium.

Die Kaschemme wurde von einem Kerl betrieben, der »The Wolf« genannt wurde und auch wie ein Wolf aussah. Er hatte tückische, schräge Augen und einen vorstehenden Oberkiefer mit langen, gelben Zähnen. Die Gäste dieser Wolfshöhle gehörten vom ersten bis zum letzten Mann zu New Yorks Unterwelt. Hin und wieder kamen Mädchen von der Straße herein und wärmten sich mit einem Drink auf, bevor sie sich wieder auf die Suche nach ein paar Dollars machten.

Ich war ein Fremder in dieser Kneipe. Die Mädchen sprachen mich an, und es war schwierig, sie loszuwerden. Später versuchten zwei Männer, mich zu einem Spiel zu überreden, und nach ihnen bauten sich vier Mann links und rechts von mir auf. Sie schätzten den

Inhalt meiner Taschen ab, kamen zu einem positiven Ergebnis und schickten sich an, Streit anzufangen, mit der Absicht, mich auszurauben. Demonstrativ schob ich eine Hand unter die Jacke. »Wenn ihr Ärger wollt, könnt ihr jede Menge Ärger bekommen«, warnte ich.

Der Wirt mischte sich ein. »Laßt ihn in Ruhe!« Knurrend wie gereizte Hunde zogen sie sich zurück.

»Auf wen wartest du?« fragte »The Wolf«.

Ich schüttelte den Kopf. »Bin selber Arbeitgeber. Vorläufig nur auf den nächsten Whisky.«

Er füllte mein Glas »Suchst du einen Job?«

»Brauchst du Leute für einen Job?«

»Nur erste Qualität.«

»Bei mir verkehren Spitzenjungen! Wie sieht der Job aus?«

Ich grinste ihn an.

»Wenn ich dir Leute vermitteln soll, muß ich wenigstens ungefähr die Richtung kennen.«

»Hart!«

»Das genügt nicht. Mit ein paar Einzelheiten mußt du schon rüberkommen.«

Ich zeigte auf das inzwischen wieder leere Glas. »Lassen wir's! Es ist schlecht, wenn 'n Typ wie du Bescheid weißt. Eine Drohung mit Lizenzentzug genügt, und du erzählst den Schnüfflern alles. Ich bin schon einmal hochgegangen, weil ein Whiskypanscher nicht den Mund gehalten hat.«

»Hör zu! Du kannst jeden im Bezirk fragen. Ich bin . . .«

Ich winkte ab. »Stopp die Walze! Ich will nicht mehr darüber reden; auf jeden Fall nicht heute.«

Ich mußte mir Zeit lassen. Seine Angebote waren nur Bluff, um mich auszuhorchen. Es konnte Tage dauern, bis er mich für »echt« hielt, und erst dann bestand Aussicht, daß ich mich an Deer und Flyn herantasten konnte. Selbstverständlich riskierte ich bei dem Verfahren, daß ich von irgendeinem alten Kunden als G-man erkannt wurde. In diesem Punkt mußte ich mich auf mein Glück verlassen.

Ich stand zwei Stunden an der Kopfseite der Theke, die ungefähr die Form eines Hufeisens hatte. Es ließ sich nicht vermeiden, daß ich einiges von Wolfs Whisky trank. Ungefähr um Mitternacht ließ ich mich mit den beiden Spielern auf eine Würfelpartie ein. Ich verlor ein paar Dollars. Um ein Uhr entstand eine Schlägerei wegen eines Mädchens. Für die Dauer von zehn Minuten verwandelte sich die Kaschemme in ein Schlachtfeld. Ich mischte mich nicht ein. Wolf und vier Kleiderschränke brachten die Sache in Ordnung. Ein halbes Dutzend mehr oder weniger ausgeknockte Leute, darunter auch das Mädchen, wurden gefeuert. Die Kleiderschränke erhielten eine Flasche Gratiswhisky.

Zwanzig Minuten später betrat eine Dreimannstreife der City-Police die Kneipe. Während die Cops am Eingang stehenblieben, die Hände am Gürtel und in der Nähe ihrer Dienstkanonen, ging der Streifenführer, ein Sergeant, an den Tischen entlang, und sah den Männern gründlich in die Gesichter. Als er an mir vorbeikam, blieb er stehen. »Neu hier?«

»Nur als Gast, Sergeant. Ich glaube nicht, daß ich bleiben werde. Zuviel Polizei hier!«

Er bewegte die Schultern unter dem blauen Uniformstoff. »Wenn du abreist, hätte sich mein Besuch schon gelohnt«, sagte er und ging zur Tür.

»Sergeant Greas!« erklärte »Wolf«. »Scharfer Hund! Hat sich sogar schon mit ›Feather‹ angelegt. Eines Tages werden sie es ihm besorgen.«

»Noch ein Durchgang!« forderte ich meine Spielpartner auf. Im Laufe der nächsten halben Stunde schaffte ich es, fünf Dollar zurückzugewinnen, obwohl ihre Würfel präpariert waren.

Dennis Deer und Sam Flyn kamen wenige Minuten vor zwei Uhr morgens. Sie blieben auf der gegenüberliegenden Seite des Hufeisens stehen. Der Kaschemmenwirt begrüßte sie mit »Hallo, Dennis! Hallo, Sam!« Er servierte ihnen Gin auf Eis. Dennis Deer starrte mich an, winkte »Wolf« zu sich herunter und fragte leise. Der Wirt antwortete mit einem Achselzucken.

»Verdoppeln wir den Einsatz!« schlug einer der Bauernfänger vor. Deer und Flyn setzten die Gläser an. In dieser Sekunde öffnete sich die Tür, genauer gesagt, sie flog von einem wuchtigen Fußtritt getroffen weit auf.

Dieses Mal benutzten sie kein Tränengas, und ich sah sie deutlich, wenn es auch nur vier, fünf Sekunden dauerte, bis die Maschinenpistolen in ihren Händen Feuer spuckten. Nur einer war groß. Die beiden anderen hatten untersetzte, plumpe Gestalten, und nur sie trugen Strumpfmasken. Der Große hatte eine Vollmaske aus Gummi. In den Schlitzen der Maske glitzerten seine Augen.

Unsere Blicke trafen sich. Der Mann machte eine erschreckte Bewegung. Er hatte mich erkannt.

»Vorsicht!« brüllte ich. Mit tausendfach erprobter Reflexbewegung riß meine Hand den 38er aus der Halfter, schob der Daumen den Sicherungshebel zurück, krümmte sich der Zeigefinger.

Trotz aller Schnelligkeit – die Maschinenpistolen in ihren Händen spuckten zuerst Feuer.

Deer kippte nach vorn, und sein Oberkörper fiel auf die Theke, als hätte ein schwerer Schlag seinen Nacken getroffen. Flyn richtete sich bolzengerade auf, das Ginglas noch an den Lippen. Dann erst drehte sich sein Körper. Die Finger öffneten sich.

Ich feuerte, und gleichzeitig schnellte ich mich mit einem Satz nach links. Bevor ich den Boden berührte, erlosch das Licht. Keine fünfzehn Sekunden waren vergangen, seit die Tür aufgeflogen war. Noch wußte ich nicht, ob ich getroffen hatte.

Panik brach aus. In der Dunkelheit stürzten Tische und Stühle um. Menschen schrien. Eine MPi hustete noch einen kurzen Feuerstoß. Dann überschrie eine Männerstimme den Lärm. »Raus!«

In der offenen Tür und gegen den helleren Nachthimmel sah ich ihre Gestalten. Ich feuerte gezielt. Ein Mann schrie auf, wankte, aber er fiel nicht. Seine Kumpane griffen zu, zerrten ihn auf die Straße. Ich rannte los. Prallte mit Menschen zusammen, die völlig den Kopf verloren hatten und sinnlos durch den Raum rasten. Ich verlor kostbare Sekunden mit der Notwendigkeit, mir den Weg freizuräumen. Als ich die Straße erreichte, hatten die Gangster zwanzig, dreißig Yard gewonnen, und sie waren darauf vorbereitet, daß ich ihnen folgte. Sie jagten mir eine MPi-Garbe um die Ohren. Mit einem langen Satz übersprang ich den Bürgersteig und ging vor dem Kühler eines geparkten Wagens in Deckung. Die Straße war naß und voller Schneematsch. Ich rutschte, klatschte in eine Pfütze, war aber sofort wieder auf den Beinen.

Ich sah sie im glänzenden Widerschein der wenigen Straßenlaternen. Einen von ihnen hatte ich angeschossen. Er hing auf der Schulter seines Kumpans. Sein rechtes Bein zog er kraftlos nach. Der dritte Gangster ging rückwärts und schlug mit der Faust auf das Schloß seiner Kugelspritze.

Ich zog durch. Die Entfernung war ein wenig zu groß

für einen 38er, aber der Schuß brachte ihren Rückzug in Unordnung. Der Mann, der den Angeschossenen schleppte, wandte sich um, ließ seinen Kumpan los, der prompt auf das Pflaster knallte. Der andere, der die Maschinenpistole in der freien Hand gehalten hatte, hob sie an die Hüfte und durchlöcherte den Wagen, hinter dem ich hockte.

Über meinem Kopf gingen die Seitenfenster zu Bruch. Ich rannte geduckt an dem Auto entlang, stoppte und hetzte durch den deckungslosen Zwischenraum einer Parklücke weiter zum nächsten Wagen. Ich war auf dem besten Wege, die Gangster von der Straße abzudrängen und sie an den Hauswänden festzunageln.

Sie begriffen es. Der Mann, dessen Waffe Ladehemmung hatte, riß das Magazin heraus, zerrte aus der Tasche seines Trenchcoats ein Ersatzmagazin und drückte es in die Halterung. Der zweite Mann verfeuerte die letzten Kugeln, und der dritte verwundete Gangster kroch über das Pflaster. »Hilf mir auf, Stanley!« schrie er.

Zwanzig Yards weiter straßenaufwärts fuhr ein schwerer, dunkler Wagen auf den Bürgersteig. Der Gangster, der das Magazin gewechselt hatte, berührte den Abzug. Die Schüsse lösten sich. Seine Kugelspritze funktionierte wieder.

Ich nahm den Wagen aufs Korn. Wenn ich ihn fahruntüchtig machen konnte, nahm ich den Killern die Fluchtmöglichkeit. Ich zielte auf die Reifen und den Kühler. Der Fahrer hinter dem Steuer schob den Kopf aus dem Fenster. »Weg!« brüllte er. »Er schießt auf unseren Schlitten!«

Sie flohen und liefen auf den Wagen zu. Den Verwundeten ließen sie zurück. Er richtete sich auf und versuchte, ihnen nachzulaufen. Als er das Gewicht auf das rechte Bein legte, brach es unter ihm weg, und er stürzte abermals. Der Mann mit der Vollgummimaske verharrte neben der Wagentür, riß noch einmal die Maschinenpistole hoch und schoß. Dann sprang er in den Fond der Limousine, die im Rückwärtsgang mit heulendem Motor vom Bürgersteig auf die Straße raste, noch hundert Yards schlingernd rückwärts fuhr, wendete und verschwand.

Ich rannte zu dem verwundeten Gangster. Er lag auf dem Gesicht. Ich drehte ihn auf den Rücken und zerriß die blutgetränkte Strumpfmaske über seinem Kopf.

Er atmete nicht mehr. Die Augen starrten mich blicklos an. Er war ein Weißer mit einem groben, sommersprossigen Gesicht, dichten blonden Augenbrauen und fahlem, borstigen Haar. Ich hatte ihn nie zuvor gesehen.

Die ersten Polizisten am Tatort waren Sergeant Greas und die Streifenbeamten. Sie hielten mir ihre Dienstkanonen unter die Nase. Der FBI-Ausweis klärte die Fronten. Sie sperrten, so gut es ging, die Straße. Ich ging in die Kaschemme zurück, aus der die Gäste flohen, als säße ihnen der Teufel im Nacken. Sie wollten mit der Polizei nichts zu tun haben.

Noch immer brannte kein Licht. Später stellte sich heraus, daß eine MPi-Kugel ein Kabel in der Schalttafel getroffen und einen Kurzschluß verursacht hatte. »Wolf« fuchtelte mit einer Taschenlampe, und ich hatte mir die Lampe des Sergeanten geben lassen.

Dennis Deer lag noch mit dem Oberkörper auf der Theke. Er war tot. Flyn lag zusammengekrümmt zwischen den umgestürzten Barhockern. Er atmete noch.

Eine große Blutlache breitete sich unter seinem Körper aus.

»Hast du telefoniert?« fragte ich »Wolf«.

»Das geht mich alles einen Dreck an!« fauchte er. Ich hätte ihm für diese Antwort gerne sein vorstehendes Gebiß geradegerückt, bezwang mich aber.

»Hier, telefonier selber!« Widerstrebend schob er mir den Apparat hin.

Ich rief die Mordkommission der City-Police an, und sie schickten sofort einen Notarztwagen des Unfallrettungsdienstes los. Eine Viertelstunde später lag Flyn auf dem Operationstisch des Spezialfahrzeuges, erhielt Sauerstoff und Bluttransfusionen. Ein Ärzteteam holte die Kugeln aus seinem Körper.

Ich durchsuchte die Taschen des erschossenen Gangsters. Ich fand eine Packung Player's-Zigaretten, ein Feuerzeug und eine Handvoll Dollarnoten. Nichts sonst, weder Ausweis noch Führerschein. Die Etiketten in Mantel und Jacke zeigten, daß alles aus einem großen New Yorker Selbstbedienungskaufhaus stammte. Die Maschinenpistole, die er benutzt hatte, fand sich wenige Schritte von der Kneipe entfernt. Die Spezialisten der Mordkommission nahmen sich die Waffe vor. Fingerabdrücke würden sie mit Sicherheit nicht darauf finden. Der Tote trug Handschuhe. Alle hatten Handschuhe getragen.

Der Kreis der Neugierigen wuchs, je länger die Arbeit der Beamten dauerte. Die ersten Reporter erschienen auf der Bildfläche.

Ich verließ den Tatort. Jenseits des Rings der Neugierigen entdeckte ich am Straßenrand eine riesige Lincoln-Limousine, die aussah, als wäre Kinners Prunkkarrosse durch einen Zaubertrick in ihren Urzustand vor der Handgranatenexplosion zurückversetzt worden. Auch der blond-rosa-weiße Inhalt fehlte nicht, und es handelte sich sogar um dieselbe Lady.

»Was ist denn hier los?« maulte sie unzufrieden. »Jimmy und ich waren mitten in der herrlichsten Wiedersehensfeier, und plötzlich mußten wir in diese drekkige Straße rasen.«

»Nach einem Anruf?«

»Ja, natürlich!« Sie schlug sich auf den Mund. »Besser, ich sage nichts. Sie sind doch von der Polizei, nicht wahr?«

»Wo ist Kinner?«

»Irgendwo draußen!«

Ich fand ihn an der nächsten Straßenkreuzung. Er sprach mit einem Mann, der ihn um Kopfeslänge überragte, dessen Haltung aber Unterwürfigkeit ausdrückte. Ich erinnerte mich, den Mann in der Kaschemme gesehen zu haben. Als ich herankam, scheuchte Kinner ihn mit einer Handbewegung in die Dunkelheit, und der Mann schlich davon.

»Sind beide tot?« fragte ›The Feather‹.

»Bis jetzt nur Deer, aber es ist fraglich, ob Flyn durchkommt.« Er nickte, drehte sich auf dem Absatz um und wollte gehen. Ich hielt ihn an der Schulter zurück. »Wir haben einen der Schützen.«

»Er ist tot. Tote reden nicht. Der Mann nützt auch nichts. Er kann euch nicht helfen, Gale zu überführen.«

»Auch bei einem Toten läßt sich feststellen, für wen er gearbeitet hat.«

»Völlig überflüssig. Die Antwort liegt auf der Hand.«

»Seien Sie vernünftig, Kinner! Unternehmen Sie nichts!«

Er explodierte. »Gehen Sie hin, und blasen Sie Gale damit die Ohren voll! Ich lasse mich nicht wie ein Schuljunge reinlegen.«

Er drehte sich aus meinem Griff und rannte zum Lincoln. Die überhöhten Blockabsätze seiner Schuhe schlugen so hart auf das Pflaster wie die Stöckelabsätze einer Frau. Er warf sich hinter das Steuer. Sekunden später setzte sich der schwere Wagen in Bewegung und glitt an mir vorbei. Kinner blickte krampfhaft geradeaus. Das blonde Mädchen an seiner Seite hatte nichts begriffen und winkte mir zu. Ich wußte: Der Gangsterkrieg war nicht mehr aufzuhalten.

Um fünf Uhr explodierten zwei Handgranaten vor den Tanksäulen eines Parkhauses, das Ernest Gale zwar nicht gehörte, aber von dem er zehn Prozent für jede Gallone Benzin kassierte. Als Gegenleistung zwang seine Gang eine Reihe Taxivereinigungen, ihre Fahrzeuge dort aufzutanken.

Die Explosion setzte die gesamte Eingangsfront des Parkhauses in Flammen. Drei Taxis, die zum Tanken vor den Säulen standen, brannten aus. Es gab das erste unbeteiligte Opfer. Ein Taxifahrer erlitt schwere Verbrennungen.

Die Polizei glaubte zunächst an ein Unglück; Gale nicht. Er verließ mit Giordano den ›Silver-Strike‹-Club, sobald er von der Explosion erfahren hatte. Er, Giordano und zwei Leibwächter tauchten kurz vor der brennenden Garage auf, warfen sich in ihre Wagen und verschwanden.

Offensichtlich gelang es ihnen nicht, alle Mitglieder der Organisation rechtzeitig zu warnen. Kurz vor sieben Uhr fielen in einem Haus auf der Essex-Avenue Schüsse, die einen gewissen Frederic B. Donewall in seinem Bett töteten. Donewall war Gales Rechtsberater und wichtigster Anwalt, der auch die Verhandlungen zwischen den beiden Gang-Bossen geführt hatte. Als dieser Mord bekannt wurde, floh Louis Rash, der Anwalt James Kinners, sofort aus der Stadt.

Um neun Uhr raste eine Gruppe von zehn oder zwölf schwer bewaffneten Gangstern die Piers auf der Westseite entlang. Sie jagten die Stauer, die Schiffe entluden, mit Schlagringen und Gummiknüppeln auseinander. Da die Reedereien, die an diesen Piers anlegten, sich durch Zahlungen an Kinner gegen Gewerkschaftsforderungen schützten, war klar, daß der Angriff auf die Stauer auf ›The Feather‹ zielte. In der Nähe des 35. Piers kam es zum Zusammenstoß mit Kinners Leuten. Jetzt blieben Schlagringe und Knüppel nicht die einzigen Waffen. Es fielen Schüsse. Zwei tote Kinner-Gangster blieben auf dem Pflaster; die anderen flohen. Gales Kommando nahm drei eigene Verwundete mit und verschwand, bevor die Polizei, die niemand zu alarmieren gewagt hatte, endlich erschien.

Mr. High erhielt die Nachricht von der Schießerei am 35. Pier gegen zehn Uhr. Phil und ich saßen in seinem Büro, und er schaltete die Lautsprecheranlage seines Telefons ein, damit wir mithören konnten.

»Wer sind die Toten?«

Der Anrufer, unser Verbindungsmann bei der City-Police, nannte die Namen zweier Gangster der dritten Kategorie.

»Drei Tote und ein Schwerverletzter unter Kinners Gangstern, zwei Tote bei Gale, von denen der Rechtsanwalt nicht zu den einsetzbaren Schlägern zählt. ›The Feather‹ scheint schon auf die Verliererstraße geraten zu sein.«

Mr. High gab uns die Fotos des Gangsters, der von seinen Kumpanen erschossen worden war.

»Aber meine Rechnung stimmt nur, wenn dieser

Mann zur Gale-Gang gehörte.« Er wandte sich an mich. »Sie haben ihn sprechen gehört, Jerry. Hatte er einen Akzent?«

»Er rief nur vier Worte. Hilf mir auf, Stanley; das rief er. Es war englisch, aber nicht amerikanisches Englisch.«

»Wir finden den Mann nicht in unserer Kartei. Seine Fingerabdrücke sind auch nicht in der Armeekartei enthalten. Er wurde also niemals für die Armee der Vereinigten Staaten gemustert, und er wurde niemals in den Grenzen der USA bestraft. Er trug englische Zigaretten bei sich. Sein Feuerzeug ist ein englisches Fabrikat, das, soweit wir in der Eile feststellen konnten, nicht in den USA zu kaufen ist.«

Er reichte uns ein weiteres Foto, das den nackten Arm des Toten zeigte, in dessen Haut ein kompliziertes Wappen und die Buchstaben und Zahlen R. G. 133 eintätowiert waren.

»Ich habe das Bild einem ehemaligen Offizier der englischen Armee vorlegen lassen. Er war Major und arbeitet jetzt beim englischen Konsulat. Die Tätowierung zeigt das Wappen des Royal Grenadierregiments 133. Dieser Mann hat offenbar in der englischen Armee gedient. Das Foto ist bereits nach London zu Scotland Yard unterwegs.«

»Englische Gangster in New York? Sie sind nicht aus eigener Initiative gekommen. Irgendwer hat sie rübergeholt, hat sie in amerikanische Kleidung gesteckt, sie mit Dollars versorgt. Wer?«

»Gale«, sagte Phil, aber er hängte ein Fragezeichen an. »Bis jetzt haben sie ihre englischen Maschinenpistolen nur für Gale und gegen Kinner in Gang gesetzt.«

»Warum sollte Gale sich Engländer holen? Er verfügt über genug Gorillas, die sich nicht scheuen eine

Kanone zu benutzen. Und vergiß nicht, Phil: Das erste Opfer war DiBello, ein Gale-Gangster.«

»Killer aus Europa, die ihre Waffen mitbringen«, sagte Mr. High. »Tränengas, das aus einem Armeemagazin in Italien gestohlen wurde. Irgendwie passen beide Umstände nicht zu den Syndikaten, die sich jetzt bekriegen. Gale und Kinner sind beide in New York groß geworden. Sie haben kein internationales Format, so mächtig sie auch in der Stadt sein mögen.«

»Eine dritte Gruppe also, die im dunkeln bleiben will. Darum erschoß der Anführer den eigenen Mann, als er uns lebend in die Hände zu fallen drohte.«

»Versuchen Sie herauszufinden, ob es diese dritte Gruppe gibt. Wenn diese Männer Engländer sind, muß es möglich sein, sie schnell zu finden.«

»Einer von ihnen ist Amerikaner«, sagte ich. »Der Anführer!«

»Woraus schließen Sie das, Jerry?«

»Er kennt mich!«

Der Neonblitz des ›Silver-Strike‹-Clubs zuckte, als wäre nie etwas geschehen. Der Negerportier riß die Schläge der Autos auf. Ein Pflaster über der linken Augenbraue war die letzte Spur des Niederschlags auf dem Parkplatz. Die Ruhe trog. Ich entdeckte drei Männer auf der anderen Straßenseite in der gleichen Nische, aus der Phil und ich den Eingang des Nightclubs überwacht hatten. Ihr Anführer schnauzte mich an: »Verschwinde!«

Ich richtete den Schein einer Taschenlampe in sein Gesicht; es war Barnie Hults, dem ich DiBellos Nachfolge bei Claire Meola verdorben hatte. Als er mich erkannte, wurde er kleinlaut.

»Wir passen hier nur auf, daß nichts passiert, G-man!«

»Hat Gale das befohlen?«

»Nein, Nelson!«

»Wo ist Gale?« Ein Achselzucken war die Antwort.

Ich überquerte die Straße. Vor dem Club-Eingang stieß ich auf Harmon Loyd, der gerade aus einem Taxi stieg. »Hallo, G-man! Ich habe die Umgebung abgesucht. Ein Taxi ist dabei unauffälliger als jeder andere Schlitten. Haben Sie die Jungs in der Türnische entdeckt?« Ich nickte.

»An den Straßenecken hat Gale Beobachtungsposten aufgestellt, und die Rückfront sichern zwei Männer auf dem Dach des Anbaus. Außerdem warten vier Burschen in einem startbereiten Wagen als fliegendes Einsatzkommando.« Er lachte. »Zum zweiten Mal wird es ›The Feather‹ nicht gelingen, ins Hauptquartier des Feindes vorzustoßen. Der Krieg ist heiß geworden, G-man. Ihre Abkühlungsmethode hat nichts eingebracht.«

Ich ging in den Club; Loyd folgte mir. Der Laden war voll wie eine Sardinenbüchse. New Yorks Gesellschaft liebt den Nervenkitzel. Seit die Zeitungen über die fast ausgebrochene Gangsterschlacht im ›Silver-Strike‹-Club berichtet hatte, gab es ab elf Uhr keinen freien Stuhl.

Ich fragte den Barkeeper. »Gale?«

»Nicht hier, Sir!«

»Giordano?«

»Auch nicht!«

Loyd, der sich an meiner Seite hielt, grinste. »Alle in einem Bunker, dreißig Fuß unter der Erde. Erkundigen Sie sich bei Lorraine nach ihrem neuen Boß. Vielleicht weiß sie mehr.«

»Miß Smith arbeitet für Gale?«

»Klar! Er hat sie sofort eingestellt. Offenbar war er von ihr hingerissen. Allerdings hatte sie wenig Gelegenheit, ihren neuen Job auszuüben, da Sie ihren Chef einsperrten. Seit zwei Tagen läuft die gute Lorrie als eine Art Betreuerin der Strip- und Animiergirls hinter den Kulissen herum.«

Wir fanden Lorraine Smith in den Garderobengängen. Sie trug einen weißen Kittel und machte Notizen in Stenographie auf einem Block.

»Hallo, Harmon! Hallo . . .« Sie zögerte, meinen Namen auszusprechen, und sah sich nach links und rechts um. Wir waren allein.

»Hören Sie, Mr. Cotton! Ich habe Gale verschwiegen, daß ich Sie kenne«, sagte sie schnell. »Wahrscheinlich würde er mich rauswerfen, wenn er erführe, daß . . .«

»Schon gut!« Ich dachte an Gales eingebaute Fernsehkameras, und ich fragte mich, ob er nicht längst wußte, daß wir uns kannten. Wir hatten an jenem Abend an der Bar miteinander gesprochen.

»Jetzt lernen Sie mich offiziell kennen. Wissen Sie, wo Ernest Gale sich aufhält?«

»Keine Ahnung! Ich müßte ihn selbst sprechen. Ich habe einige Vorschläge zu machen. Die Waschräume für die Girls sind in erbärmlichem Zustand. Wenn er das Betriebsklima in Ordnung halten will, muß er auf diesem Gebiet etwas tun. Er riskiert sonst einen Streik der Mädchen.«

Loyd grinste zynisch. Er wußte so gut wie ich, mit welchen Methoden Leute wie Gale Streiks ihrer Angestellten brachen.

»Hat Gale Sie mit der Verbesserung des Betriebsklimas beauftragt?«

»Jedenfalls fasse ich meine Arbeit so auf. Er sagte, in

diesem Club kommandierten nur Männer herum, die nichts von den Wünschen, Sorgen und Bedürfnissen weiblicher Arbeitskräfte verstünden. Ich sollte mich um die Mädchen kümmern.«

»Ich dachte, Sie wollten die soziologischen Ursachen des organisierten Verbrechens untersuchen?«

»Bitte, sprechen Sie nicht darüber. Mr. Gale habe ich gesagt, ich suche einen Job im Showgeschäft, weil ich darüber eine Arbeit schreiben will.«

»Erstaunlich, daß er Sie nicht einfach rauswarf, sondern Sie engagierte. Nun, wenn Sie die Gouvernante der Mädchen sind, wende ich mich am besten an Sie. Ich möchte den Girls einige Fragen stellen. Können Sie dafür sorgen, daß ich die Garderobe betreten kann, ohne eine Panik auszulösen?«

Loyd lachte. »Glauben Sie wirklich, ein Mann in der Garderobe löst bei routinierten Stripgirls eine Panik aus? G-man, aus welcher Kleinstadt kommen Sie?«

»Aus einem Dorf in Connecticut. Bitte, Miß Smith, wenn schon die Mädchen nicht erschrecken, so sorgen Sie doch dafür, daß sie ein wenig Stoff tragen, damit ich nicht erschrecke.«

Sie ging in die Garderobe. »Wollen Sie nicht einen Drink an der Bar nehmen?« fragte ich den Fotografen.

»Wollen Sie mich loswerden? Lassen Sie mich ruhig zuhören, G-man. Die Mädchen werden mir ohnedies später erzählen, was Sie gefragt haben, wenn ich ein paar Dollars investiere.«

Lorraine Smith öffnete die Garderobentür. »Sie können hereinkommen.«

Die Luft in der Garderobe war zum Schneiden dick vom Geruch der Parfüms, Schminken, Haarsprays. Das Programm des ›Silver-Strike‹-Clubs bot nie weniger als ein Dutzend Mädchen. Jetzt, vor Beginn der ersten

Show, waren sie vollzählig in der Garderobe versammelt, die meisten schon in ihren Kostümen, einige in bunten, zerknitterten Schminkmänteln, und zwei oder drei hatten sich mit nachlässig übergeworfenen Badetüchern begnügt.

Loyd drängte sich vor. »Hallo, Mädchen! Ich hoffe, ihr habt nichts gegen ein paar Aufnahmen.« Er rückte das Blitzgerät zurecht, das er an einem Riemen über der Schulter trug, und hob die Kamera.

Sobald er seine Kamera auf ein Mädchen richtete, schaltete es sein Lächeln ein, drückte die Brust raus und warf den Kopf in den Nacken.

»Großartig!« lobte Loyd. Über die Schulter rief er mir zu: »Lassen Sie sich nicht aufhalten, G-man!«

»Vor ungefähr zehn Tagen hat Claire Meola hier gearbeitet.«

»Das hochnäsige Luder!« sagte eine üppige Blondine.

»Hat jemand von Claire Meola den Namen Sergio gehört?«

Loyd, der gerade mit einem Mädchen über eine Verrückung des Badetuchs verhandelte, wandte sich um. »Ein völlig neuer Name.«

»Sie habe ich nicht gefragt, Loyd!«

»Wie war der Name?« fragte die Blondine.

»Sergio.«

»Und weiter?«

»Nicht bekannt.«

Eine Schwarzhaarige fragte: »Soll er ein Freund von Claire gewesen sein?«

»Quatsch«, rief die Blonde. »Die Meola wurde von DiBello unter der Knute gehalten.«

»Möglich, daß Sergio ein Freund ist. Wir wissen es nicht, aber wir möchten es herausfinden.«

»Den Namen habe ich nie von ihr gehört«, sagte die Schwarzhaarige, »aber 'nen Freund außer DiBello hatte sie bestimmt. Ich erinnere mich, daß sie drei-, viermal ans Telefon gerufen wurde, und es war nicht DiBello, der sie anrief, denn er hielt sich zu der Zeit irgendwo hier im Club auf. Wenn sie von diesen Telefongesprächen zurückkam, war Claire völlig verändert.«

»Wie verändert?«

»Gelöst, glücklicher.«

»Wahrscheinlich hat sie sich in der Telefonzentrale 'ne Spritze reingejagt!« schrie die Blonde. »Das machte sie glücklich!«

»Nahm Claire Meola Rauschgift?«

»DiBello behauptete es«, antwortete die Schwarzhaarige. »Einmal warf er drei Ampullen auf ihren Schminktisch. Er tat es absichtlich so, daß wir alle es sehen konnten.«

»Danke! He, Loyd, kommen Sie!«

»Brauchen Sie mich, G-man?« Er wies auf das Mädchen, mit dem er sprach. »Wir sind uns gerade über ein paar Fotos mit Pfeffer einig geworden.«

Lorraine Smith begleitete mich durch den Garderobengang bis zur Verbindungstür zum Club. »Miß Smith, für den FBI ist es wichtig zu erfahren, wo Gale sich aufhält. Würden Sie mich anrufen, wenn er ...«

»Es tut mir leid, Mr. Cotton, aber ich kann unmöglich Mr. Gales Vertrauen mißbrauchen, und das täte ich, wenn ich Sie hinter seinem Rücken informieren würde. Ich will ihm gerne sagen, daß Sie hier waren, und daß Sie ihn zu sprechen wünschen.«

»Schon gut. Ich hoffe, Gale mißbraucht nicht Ihre Loyalität. Wenden Sie sich auf jeden Fall sofort an mich, wenn Sie das Gefühl haben, sich in Gefahr zu befinden.«

Ich verließ den ›Silver-Strike‹-Club, der unverändert von Gales Gorillas bewacht wurde. Ich rief das Hauptquartier über die Funksprechanlage des Jaguars an. Bis jetzt lagen keine neuen Meldungen über Aktionen der verfeindeten Banden vor.

Claire Meola hatte vor einer knappen Woche dem Hauptquartier mitgeteilt, daß sie in ein kleines Hotel gezogen war, das in Queens lag und somit außerhalb von Gales Machtbereich. Als sie anrief, steckten wir bis zum Hals in der Untersuchung gegen beide Gang-Bosse, und ich hatte nur ein paar Worte mit ihr gewechselt. Jetzt fuhr ich nach Queens hinaus.

Für New Yorker Verhältnisse war das Hotel winzig, mehr eine Familienpension mit knapp vierzig Betten. Der Besitzer war gleichzeitig Portier und Empfangschef.

»Miß Meola ist nicht im Haus«, beantwortete er meine Frage. »Sie arbeitet in einem Nachtclub.«

»In welchem?«

»Keine Ahnung.«

Ich legte den FBI-Ausweis auf den Tisch. »Oh«, machte er.

»Hat Miß Meola, seit sie bei Ihnen wohnt, Besuche empfangen?«

»Sie wurde einige Male mit einem Wagen abgeholt, aber der Fahrer stieg nicht aus. Sie wartete in der Halle. Sobald das Auto am Straßenrand stoppte, ging sie hinaus und stieg ein.«

»Wie oft geschah es?«

Er rechnete. »Genau dreimal!«

»Wann?«

»Immer gegen neun Uhr abends.«

»Und an welchen Tagen?«

Er mußte lange nachdenken, bis er die Daten zusammenbrachte. An den Tagen, die er nannte, hatten sich Gale und Kinner noch in Haft befunden.

»Wurde Miß Meola häufig angerufen?«

»Vielleicht zehnmal in acht Tagen.«

»Wer waren die Anrufer? Nur Männer oder auch Frauen? Ich nehme an, daß Sie die Anrufe weitergegeben haben.«

»Ja. Die Anrufer waren Männer.«

»Mehrere Männer oder immer derselbe Mann?«

»Ich bin nicht sicher. Darauf habe ich nicht geachtet.«

»Wurden keine Namen genannt?«

»Nein, soweit ich mich erinnere.«

»Zum Beispiel der Name Sergio?«

Er schüttelte den Kopf. »Wissen Sie, Mr. G-man, wir interessieren uns hier wirklich nicht für das Privatleben unserer Gäste. Wir belauschen nicht ihre Telefongespräche, und wir lesen nicht ihre Post. Wenn uns irgend etwas für die Gäste aufgetragen wird, richten wir es aus, ohne zu fragen, was dahintersteckt.«

»Haben Sie jemals Miß Meola etwas ausrichten müssen?«

»Es kam ein Anruf, während sie nicht zu Hause war, und der Anrufer nannte eine Nummer, die sie anläuten sollte, sobald sie zurückkäme. Sie tat es dann von ihrem Zimmer aus.«

»Welche Nummer?«

»Sie können nicht erwarten, daß ich mich daran erinnere.«

»Sie werden sie irgendwo notiert haben, und vielleicht haben Sie die Notiz noch nicht fortgeworfen.«

»Ich werde nachsehen«, versprach er widerwillig. Er brachte einen großen Notizblock und blätterte die beschriebenen Seiten zurück. Da er ein sehr ordentlicher Mann war, hatte er alle Zahlen und Notizen, soweit sie erledigte Dinge betrafen, durchgestrichen. Schließlich tippte er auf eine Telefonummer. »Ich glaube, das ist sie.«

»Eine New-Jersey-Nummer. Kann ich Ihr Telefon benutzen?« Ich wählte die Nummer, die von New York aus im Direktverkehr erreicht werden konnte. Eine höfliche Mädchenstimme meldete sich: »Tenafly-Palace-Hotel!«

Eine Sekunde lang dachte ich daran, nach Claire Meola zu fragen, verzichtete dann darauf und begnügte mich mit: »Sorry, falsche Verbindung!«

Ich vergatterte den Hotelbesitzer. »Jawohl, ich werde über Ihren Besuch schweigen«, versprach er.

Ich kletterte in den Jaguar und fuhr nach Norden, auf der Washington-Bridge überquerte ich den Hudson und benutzte die sogenannte Palisades-Road. Das New-Jersey-Ufer des Hudsons ist ein wenig bebautes Erholungsgebiet, obwohl auf der anderen Seite das Häusermeer der Bronx liegt. Tenafly liegt einige Dutzend Meilen landeinwärts. Das Tenafly-Palace-Hotel wurde vor zehn Jahren auf halbem Wege zwischen dem Flußufer und der Stadt errichtet, eine Luxus-Herberge inmitten eines Parks mit eigenem Golfplatz, geheizter Schwimmhalle, einem feudalen Nightclub, vier Restaurants, Dachgarten, usw.

Ich brachte den Jaguar auf dem Parkplatz unter, schlenderte durch die Halle, warf einen Blick in die Bar und ging dann an der Seitenfront entlang zum »Tenafly«-Nightclub, der einen eigenen Eingang hatte. Dem Portier gefiel mein Anzug nicht.

»Abendkleidung erwünscht, Sir!«

»Aber nicht Bedingung, nicht wahr?« Ich drückte einen Fünfer in seine Hand. »Wie gut ist das Programm?«

»Erstklassig, Sir! Spitzengirls!«

»Etwas Neues dabei?«

»Claires Spiel mit dem Licht – einfach großartig. Sie werden nicht enttäuscht sein.« Er blickte auf die Uhr. »Tritt in einer halben Stunde auf, Sir!«

»Danke! Mal sehen, ob Sie nicht zuviel versprochen haben.«

»Bestimmt nicht, aber ohne Smoking müssen Sie an der Bar bleiben, Sir, sonst bekomme ich Ärger mit dem Geschäftsführer.«

Der ›Tenafly‹-Club war so vornehm, wie seine Preise hoch waren. Gales Laden war dagegen vergleichsweise ein Talmi-Schuppen. Es gab keine Animiermädchen, keine Brokatgirls mit tiefen Ausschnitten, keinen billigen Anheizsex. Die Männer brachten die eigenen Frauen und Freundinnen mit. Was an deren Fingern, Armen und Hälsen glitzerte, schimmerte und funkelte, war echt.

Ich blieb an der Bar und hielt mich an einem Whisky-Soda fest.

Die Band war so erstklassig wie der Whisky. Es wurde getanzt, und zwischendurch wurden die Shows mehr oder weniger müde beklatscht. Die Auftritte der Girls waren eine Konzession an alleinstehende Gentlemen unter den Gästen.

Claire Meola trat um Mitternacht auf. Die Scheinwerfereinrichtung des »Tenafly« war vorzüglich; dadurch wurde das Spiel mit dem reflektierenden Ball noch faszinierender. Sie hatte den Schluß geändert. Nicht mehr die Papphand fing den Ball auf, sondern Claire brachte ihn in eine so rasche Bewegung, daß eine Lichtkaskade vor ihr aufstieg und fiel in immer schnellerem Wechsel, bis die Frau hinter dem Licht zu verschwinden schien. Dann fing sie den Ball auf, der Scheinwerfer schwenkte zur Seite, aber die Tänzerin trug schon wieder den Umhang.

Der Applaus war sehr stark. Ich sah vier frauenlose Gentlemen an einem Tisch unmittelbar an der Tanzfläche, die sehr angeregt debattierten. Dann winkte der Älteste dem befrackten Geschäftsführer, der sich höflich zu ihm hinunterbeugte und seine Wünsche entgegennahm.

Ich bestellte beim Keeper noch einen Whisky-Soda, zahlte mit einem Zwanziger und verzichtete auf den Rest. »Können Sie dem Licht-Girl sagen, daß ich eine Flasche Sekt mit ihm trinken möchte?«

»Tut mir leid, Sir. Die Direktion duldet nicht, daß die Tänzerinnen mit den Gästen trinken.«

»Gehört die Direktion zum Offizierskorps der Heilsarmee? Geben Sir mir einen Tip, wie ich an das Mädchen herankomme.«

»Miß Meola wiederholt ihre Show um drei Uhr. Gewöhnlich zieht sie sich zwischen beiden Auftritten um und ißt im Restaurant des Hotels eine Kleinigkeit. Sie kommt hier vorbei. Riskieren Sie es, und sprechen Sie sie an! Wenn sie einen Korb gibt und den Geschäftsführer ruft, fliegen Sie allerdings anschließend raus.«

Sein Tip stimmte. Claire kam eine halbe Stunde nach ihrem Auftritt in einem unauffälligen Cocktailkleid. Sie wollte den Verbindungsgang zu den anderen Restaurants des Hotelkomplexes benutzen. Ich fing sie ab. »Guten Abend, Miß Meola!«

Mein Anblick erschreckte sie nicht gerade, aber sie sah darin auch nicht den kleinsten Grund zur Freude. »Guten Abend, Mr. Cotton«, antwortete sie aus ungefähr einer Meile Abstand.

»Kann ich Sie zu einem Drink einladen?«

»Es ist nicht gestattet, mit den Gästen zu trinken. Das ›Tenafly‹ ist nicht der ›Silver-Strike‹-Club.«

»Wo kann ich Sie sprechen?«

»Wenn es nicht länger als fünf Minuten dauert, hier. Sonst bestellen Sie mich in Ihr Office, oder kommen Sie morgen in mein Hotel.«

»Nehmen Sie Rauschgift?«

»Früher habe ich einige Male auf Partys Haschisch geraucht. Seit einem Jahr nicht mehr.«

»Heroin?«

»Nein – nie!«

»DiBello brachte Ihnen Ampullen in Ihre Garderobe.«

»Er tat es, um mich zu demütigen. Er erzählte vielen Leuten, ich wäre süchtig. Es gehörte zu seinen Methoden, mich unter dem Daumen zu halten.«

»Würden Sie sich einem Test stellen?«

»Ja. Ich brauche eine Untersuchung nicht zu fürchten.«

»Nennen Sie mir die Namen Ihrer anderen Freunde?«

»Von wem sprechen Sie?«

»Von dem Mann z. B. mit dem Sie einige Male telefonierten.«

»Wahrscheinlich war es DiBello.«

»Nein, es war ein anderer Mann. Es machte Sie glücklich, mit ihm zu sprechen.«

Sie öffnete ihre Handtasche, und sah hinein, als suche sie nach irgend etwas. Es war nur ein Trick, um meinem Blick auszuweichen. »Ich erinnere mich nicht«, antwortete sie nach viel zu langer Pause. »Möglich, daß mich Gäste anriefen, die sich mit mir verabreden wollten.«

»War es nicht Sergio?«

Ihre Augen flammten wütend. »Ich sagte Ihnen schon, daß ich keinen Sergio kenne.«

»Vergessen Sie nicht, daß ich Sie diesen Namen nennen hörte.«

»Ein Bluff! Ich habe Ihnen erklärt, daß ich versuchte, Hults und Orff zu bluffen.«

»Sergio ist ein seltener Name. Hätten Sie für Ihren angeblichen Bluff Jack, Jim, John benutzt, würde ich Ihnen leichter glauben. Sergio ist kein Name, der einem Mädchen einfällt, wenn es ihn nicht vorher schon gehört und ausgesprochen hat.«

»Wie schlau Sie sind, G-man! Vielleicht habe ich ihn schon einmal gehört.«

»Wo, wann und bei wem?«

»Keine Ahnung! Ich erinnere mich nicht mehr. Vielleicht hieß ein Kollege so, der irgendwann mit mir im gleichen Programm auftrat.«

»Das ließe sich nachprüfen.«

»Zum Teufel, warum messen Sie einem lächerlichen Namen so viel Bedeutung bei?«

»Wir registrieren inzwischen sieben Tote. Der erste in der Reihe war DiBello. Wenn ich herausfinde, wer ihn ermordete, kann ich verhindern, daß die Reihe sich verlängert.«

Ein Mann im Frack schob sich zwischen Claire Meola und mich. Es war der Geschäftsführer. Er zog die Nase kraus, als röche ich schlecht. »Bitte, verlassen Sie den Club, Sir!« näselte er. »Sie sind unpassend gekleidet.«

»Er ist FBI-Beamter«, erklärte Claire Meola. Die Antwort irritierte den Befrackten.

»Wir sind fertig«, sagte ich. »Ich kann Ihr feines Unternehmen verlassen, sobald ich den Drink an der Bar bezahlt habe.«

Ich ging zur Bar. Die vier Gentlemen, die nach Claires

Tanz mit dem Geschäftsführer gesprochen hatten, starrten zu mir herüber. Sie waren die einzigen, die sich für mich interessierten. Niemand sonst schien mein Gespräch mit dem Mädchen beachtet zu haben.

»Sie fliegen raus«, sagte der Mixer. »Ich habe es Ihnen prophezeit. Sechs Dollar fünfzig für die Drinks!«

»Sekunde noch!«

Der Geschäftsführer sprach mit Claire. Er machte sehr diskrete, aber erkennbare Kopfbewegungen in Richtung auf den Tisch der vier Gentlemen, die jetzt ihre Aufmerksamkeit auf Claire konzentrierten. Sie zuckte ungeduldig mit den Schultern und gab nach. Der Geschäftsführer brachte sie zu dem Tisch. Die vier Smokingträger erhoben sich. Ein fünfter Sessel für die Tänzerin wurde herangeschafft. Einer der Männer, ein ungefähr Sechzigjähriger mit gefärbtem Haar und dem Gesicht eines verfetteten Raubvogels, küßte ihr die Hand. Ein Kellner eilte mit dem Sektkübel herbei. Ein anderer servierte auf einer Silberplatte geeiste Austern.

Ich sah den Mixer an. »Die Direktion duldet nicht, daß Tänzerinnen mit den Gästen trinken«, wiederholte ich seine eigenen Worte.

»Für alles gibt es Ausnahmen. Diesen Männern wurden Wünsche nie abgeschlagen.«

»Gehört ihnen das ›Tenafly‹?«

»Durchaus möglich, obwohl alle Hotels der ›Tenafly‹-Company von einer Aktiengesellschaft gebaut wurden.« Er legte das Wechselgeld neben mein Glas. beugte sich vor und sagte zwei Wörter in einer fremden Sprache.

Ich schob ihm das Wechselgeld zu. »Woher wollen Sie das wissen?«

Er kassierte. »Es wird behauptet. Vielleicht haben sie auch schon bewiesen, daß es stimmt. Auf jeden Fall hält es jeder für richtig, sie so zu behandeln, als wäre es die Wahrheit. Sie sehen es ja! Auch ich würde ihnen einen Martini mit sauren Bonbons statt mit einer Olive servieren, wenn es gewünscht würde.«

»Kennen Sie ihre Namen?«

»Der Alte, der dem Girl die Hand geküßt hat, heißt Jack Lucini.«

»Und sein Beruf?«

»Nichts Besonderes. Er hat ein Installationsunternehmen in Newark mit vierzig oder fünfzig Leuten. Kein Wallstreet-Boß, nur ein Klempner.«

Ich verließ den Club. Mr. Lucini blickte von einer Auster auf und sah mich mit einem mißtrauischen, eisigen und durchbohrenden Blick an. Verdammt, es war nicht der Blick eines friedlichen Klempners.

Ich fuhr langsam, denn ich wälzte ein paar Gedanken hin und her. Wenn das Gerede des Mixers über Mr. Lucini und seine Freunde nicht barer Unsinn war, dann zeichnete sich eine neue mögliche Ursache für den Gangsterkrieg zwischen Gale und Kinner ab. Aber dann, verdammt, war es genauso schwierig, diesen Krieg in der Stadt zu stoppen, wie es sich als schwierig erwiesen hat, Kriege in der großen Welt zu beenden, an denen ein Dritter interessiert ist. Natürlich war der Umstand, daß Mr. Lucini einer ehemaligen Gale-Tänzerin ein Dutzend Austern und eine Flasche Champagner spendierte, kein Beweis für seine Drahtzieherrolle.

Auf ein paar Meilen zieht sich die Palisades Road zwischen dem Ufer und dem Waldstreifen hin. Einige Fußgängerbrücken ermöglichen es Ausflüglern und Spaziergängern, vom Wald an das Flußufer zu gelangen, ohne sich dem Verkehr auf der Road auszusetzen.

Die Lichtkegel des Jaguars fraßen sich in die Dunkelheit der unbeleuchteten Schnellstraße hinein. In Abständen von fünfhundert Yards tauchten die Reflexionsschilder mit den Worten ›Vorsicht! Brücke!‹ auf. Wenig später erfaßten dann die Scheinwerfer den Seitenpfeiler am rechten Straßenrand. Die eigentliche Brücke lag zu hoch und blieb im Dunkeln.

Ich hatte das vierte oder fünfte Warnschild passiert und fuhr mit rund vierzig Meilen auf die Brücke zu. Da – als ich vielleicht noch fünfzig Yards von ihr entfernt war, fiel aus der Dunkelheit ein runder, schwerer Gegenstand wie ein Stein vor meinem Schlitten auf die Fahrbahn.

Ich weiß nicht, ob ich jemals in meinem Leben schneller und richtiger reagiert habe. Ich trat den Gashebel voll durch. Der Motor des Jaguars röhrte auf. Aus dem gemächlichen Vierzigmeilentempo schoß er nach vorn.

Ich weiß auch nicht, wieviel Yards hinter dem Heck meines Jaguars die Handgranate explodierte. Die Druckwelle holte den davonschießenden Wagen mühelos ein. Das Heckfenster prasselte ins Innere.

Ich dachte, daß sie noch nicht aufgeben würden, und ich war scharf darauf, aus der Reichweite möglicher Maschinenpistolen zu gelangen. Ich hielt den Fuß eisern auf dem Gas. Dann begann der Jaguar plötzlich zu schwimmen, kaum daß ich das Steuer noch zu halten vermochte. Ich nahm den Fuß vom Gaspedal, hütete mich jedoch, zu bremsen. Ein Splitter der Handgranate mußte einen der Hinterreifen erwischt haben. Ich steuerte meinen Jaguar auf den Randstreifen zwischen zwei Bäume, als er genug Fahrt verloren hatte. Erst dann tippte ich auf die Bremse. Anschließend sprang ich raus und zog den 38er.

Zwischen mir und der Brücke lagen mehr als zweihundert Yards; so viel hatte ich gebraucht, um den Wagen zum Stehen zu bringen. Im Schutz der Bäume ging ich zurück. Möglich, daß sie noch auf der Brücke waren. Ich ließ es darauf ankommen.

Es war still. Der Bogen der Brücke zeichnete sich gegen den Nachthimmel ab. Sie bestand aus Beton, und für einen Mann, der von oben eine Handgranate fallen ließ, genügte es, sich hinzuwerfen, um so sicher zu sein wie in einem Bunker.

Ich drang in den Wald ein, bis ich auf den Fußweg stieß, der zur Brücke führte. Langsam stieg ich die flachen Stufen hoch.

Niemand war mehr oben. Ich leuchtete den Boden ab und fand auf Anhieb ein halbes Dutzend Kugelhülsen. Sie hatten also hinter mir hergefeuert. Der Motor des Jaguars hatte die Schüsse überdröhnt, und ihre Kugeln hatten nicht getroffen. Ich drehte eine Hülse zwischen den Fingern. Schon zweimal hatte ich Hülsen dieses Typs in der Hand gehalten, und ich erkannte die englische 44er Munition ohne große Vergleichsuntersuchung.

Unter mir rollten in Abständen Autos vorbei. Die Fahrer nahmen von dem runden schwarzen Fleck auf dem Asphalt keine Notiz. Von hier oben sah man von den Wagen nur die Scheinwerfer, und es war unmöglich, von der Brücke aus mit Sicherheit den Typ zu erkennen.

Natürlich liegen die Scheinwerfer beim Jaguar niedriger über der Straße als bei großen Limousinen; das allein genügt jedoch nicht, um den Wagen schnell genug auszumachen, der in die Luft gejagt werden soll. Sie mußten also mit einem vorgeschobenen Beobachtungsposten und mit einer Nachrichtenübermittlung durch Walkie-Talkies gearbeitet haben. Immerhin einiger Aufwand, um mich aus dem Wege zu räumen. Aber, verdammt, warum wollten sie mich aus dem Wege räumen? War ich ihnen dichter auf den Fersen, als ich selbst ahnte?

Ich steckte eine der ausgestoßenen Hülsen in die Tasche, kletterte von der Brücke und ging zum Jaguar zurück. Mit der Taschenlampe leuchtete ich meinen Wagen ab. Er hatte ein paar häßliche Schrammen und Beulen, aber bis auf das herausgeblasene Rückfenster und den platten Reifen war er in Ordnung. Auch die Funksprechanlage funktionierte. Ich verzichtete darauf, die Cops zu einer großen Treibjagd anzufordern, für deren Erfolg ich ohnedies keine Chance sah.

In fünf Minuten wechselte ich den Reifen, schwang mich hinter das Steuer und brachte den Jaguar in Gang. Erst als ich die George-Washington-Brücke überquert hatte und mich wieder in Manhattan befand, rief ich das Hauptquartier.

»Wo steckt Phil?«

»Hat zwei Gale-Gangster verhaftet, die den Überfall im Hafen mitgemacht haben. Jetzt versucht er, ihnen die Zunge zu lösen.«

»Verbinde mich mit ihm.«

Zehn Sekunden später hörte ich Phils Stimme. »Auch noch unterwegs, Jerry?«

»Wie steht es bei dir?« fragte ich.

»Schlecht! Ich habe die beiden Typen gerade rausgeworfen und lasse sie in einer Zelle schwitzen. Leider wissen sie genau, daß sie am besten eisern schweigen. Sie vertrauen darauf, daß Gale Anwälte schickt, die sie herauspauken werden. Das wird nicht einmal schwierig werden. Ich habe als Zeugin nur ein eifersüchtiges Straßenmädchen, das einen der Jungs reinlegen will.

Schon jetzt ist klar, daß es seine Aussage nach entsprechender Behandlung zurückziehen wird.«

»Kannst du in den ›Silver-Strike‹-Club kommen?«

»Schon wieder? Das Programm hängt mir zum Halse raus.«

»Sie haben ein neues. Sie schießen auf G-men.«

»Auf dich?«

»Ja, drüben auf der anderen Flußseite.«

»Woher wußten sie, daß du dort warst?«

»Genau das möchte ich herausfinden.«

»Hol mich ab!«

Als ich vor dem Eingang des Hauptquartiers stoppte, stand Phil mit einer Zigarette zwischen den Lippen auf der Straße und stieg ein. »Irgendwie angekratzt?« erkundigte er sich.

»Nur der Wagen.« Ich reichte ihm eine Hülse.

Er hielt sie ins Licht des Armaturenbretts. »Von der englischen Sorte.« Er blickte auf die Straße. »Du fährst nicht zum Club?«

»Zuerst nach Queens. Ich gehe meinen Weg zurück. Bevor ich nach Tenafly fuhr, war ich in einem Hotel in Queens.«

Wir mußten den Hotelbesitzer aus dem Bett läuten. Auf Nachtbetrieb hatte er sein Unternehmen nicht eingerichtet. »Hat jemand nach mir für Miß Meola angerufen?« Er verneinte.

»Hat sich jemand bei Ihnen erkundigt, wonach ich Sie gefragt habe?«

»Nein, nichts dergleichen.«

»Haben Sie irgendwem von meinem Besuch und meinen Fragen erzählt?«

»Meiner Frau, aber sie hat mit keinem Fremden darüber gesprochen.«

»Danke! Tut mir leid, daß wir Sie stören mußten.«

Den ›Silver-Strike‹-Club erreichten wir gegen vier Uhr morgens. Wir passierten den Wagen, von dem Harmon Loyd gesprochen hatte. Ich fuhr langsam, sah, daß der Mann hinter dem Steuer einen Telefonhörer ans Ohr hob, stoppte und zischte im Rückwärtsgang zurück. Phil sprang raus, bevor der Jaguar richtig stand, riß die Tür des anderen Autos auf und nahm dem Mann den Hörer aus der Hand. Außer dem Fahrer und Telefonierer saßen noch drei Gorilla-Typen in dem Schlitten. Sie hatten gedöst und fuhren jetzt hoch. Zwei hielten Jagdgewehre zwischen den Knien.

»Ihr seid Gales Einsatzkommando, nicht wahr? Hast du deinem Boß gemeldet, daß die G-men gekommen sind?« fragte Phil.

Aus dem Telefonhörer kam ein Krächzen. Phil hielt mir den Hörer hin. »Willst du mit ihm sprechen?«

Ich nahm den Hörer ans Ohr. Jetzt verstand ich das Gekrächze. »He, Tim, was ist los?« Obwohl die Verbindung miserabel war, erkannte ich Gales Stimme.

»Cotton vom FBI, Gale! Machen Sie sich keine Sorgen! Ihr Club steht noch. Wo sind Sie? Ich will Sie sprechen.«

»Haben Sie Kinner eingelocht oder umgelegt?«

»Nein, aber . . .«

»Mich bekommen Sie erst wieder zu Gesicht, wenn Sie diesen verrückten Hund abgeknallt haben. Ich sage nicht, daß ich es ihm besorge. Es ist Ihre Aufgabe.«

»Sagen Sie mir, wo ich Sie finde, Gale!«

»Ich denke nicht daran. Sie erzählen es Kinner. Sie und der FBI würden sich die Hände reiben, wenn der verdammte kleine Satan mir Löcher in den Bauch schösse. Das würde die Hälfte eurer Probleme lösen. Kinner ist idiotisch genug, alles auf die Spitze zu treiben.«

Er trennte die Verbindung. Ich sah mir die Apparatur näher an. Es war ein Funksprechgerät, kein Walkie-Talkie, sondern ein größeres Modell mit normalem Telefonhörer.

Die Gangster schwiegen verbissen. Phil und ich stiegen in den Jaguar und fuhren die zwei Dutzend Schritte bis zum Eingang. Der Portier legte die Hand an die Mütze. »Soll ich den Wagen zum Parkplatz fahren, Sir?«

»Keine Angst davor seit den schlechten Erfahrungen?«

Er grinste. Sein Gebiß blitzte im Licht der Neonreklame. »Heute nicht, Sir! Wir werden gut bewacht.«

Ich blickte zu der Türnische auf der anderen Seite. Im Dunkel glühten die Punkte von Zigaretten.

»Lassen Sie den Wagen stehen! Wir bleiben nicht lange.«

Im Club hielten sich auch um diese Zeit noch eine Menge Gäste auf. Die meisten der Brokatmädchen saßen an Tischen und animierten fleißig zum Trinken. Die Miezen des Barkeepers erlaubten ihren Kunden tiefe Einblicke, wenn sie sich zärtlich über die Theke lehnten.

Auch Phil und ich gingen an der Bar vor Anker. »Kaffee!« bestellte ich, als der Mixer sich nach unseren Wünschen erkundigte. »Viel und stark!«

»Die Mädchen sind fast ausverkauft«, sagte er. »Nur einige Showgirls kommen noch einmal auf die Bühne. Bei denen können Sie Ihr Glück versuchen.«

»Im Augenblick bin ich mehr an einem Sandwich interessiert. Wie steht's damit?«

»Küche ist leider geschlossen.«

»Ist Lorraine Smith noch im Haus?«

Er grinste. »Unsere liebe Sozialtante? Die Jungens schließen schon Wetten miteinander ab, wer sie vernascht, sobald der Boß sie freigegeben hat. Ich möchte auch wissen, wie sie im Bett ist. 'ne Intellektuelle hatte ich noch nie.«

»Ich habe nur gefragt, ob sie noch hier ist!« sagte ich eisig. »Der übrige Mülleimer-Inhalt deines Gehirns interessiert mich nicht.«

Er zog den Kopf zwischen die Schultern. »Ich telefoniere sofort.« Zwei Minuten später kam er zurück und brachte den Kaffee gleich mit. »Miß Smith kommt. Sie war bei den Girls in der Garderobe.«

Lorraine Smith kam in einem grünen Kleid, das in der sexgeladenen Atmosphäre des Clubs so züchtig wirkte wie eine Heilsarmeeuniform, obwohl es ein hübsches und sogar knappes Kleid war. Sie sah müde und abgespannt aus. Als sie den Kaffee roch, sagte sie: »Oh, auf den Gedanken bin ich noch nicht gekommen.«

»Darf ich Sie auf Staatskosten zu einer Tasse einladen?«

»Sie vergessen, daß ich zum Haus gehörte. Einfache Getränke sind für Angestellte kostenlos.« Sie winkte dem Keeper. »Bitte, für mich auch Kaffee!«

Wir warteten, bis auch sie ihren Kaffee hatte. Unterdessen erlosch das Licht bis auf die Bühnenbeleuchtung. Der Bandleader kündigte über die Lautsprecher eine neue Sensation des Programms an.

»Wir wollen Sie zum Schluß noch einmal richtig aufheizen. Sie sollen unseren Club nicht müde und abgewrackt verlassen, sondern scharf und hungrig wie Wölfe. Ich denke, Sie verstehen, was ich meine. Bühne frei für Lylie und Dotie!«

Lylie war die Blonde, die ein paar abfällige Bemerkungen über Claire Meola gemacht hatte. Sie kam in einem Tigerkostüm. Ihre rothaarige Partnerin spielte den Dompteur. Die ganze Sache lief darauf hinaus, daß der Tiger den Dompteur zu fressen versuchte, der seinerseits mit einer Peitsche um sich schlug. Tiger und Dompteur fetzten sich Fell und Kleider vom Leibe. Am Ende rollten sie im Urzustand über die Bühne.

Der Auftritt von Lylie und Dotie ging in eine lesbische Schau-Nummer über, die die beiden Mädchen gekonnt und mit der entsprechenden musikalischen Untermalung durch die Club-Band in die Länge zogen.

Lorraine Smith blickte angestrengt in ihr Glas, irgendwie schien sie die Szene auf der Bühne peinlich zu berühren.

»Wem haben sie von meinem Besuch erzählt?« fragte ich.

Lorraine Smith hob den Kopf und sah mich einen Augenblick lang wie unschlüssig an.

»Mr. Gale«, gab sie dann zögernd zu. »Er rief an.«

»Wann?«

»Fünf Minuten, nachdem Sie das Haus verlassen hatten. Er wußte bereits, daß Sie hier gewesen waren.«

»Er fragte Sie nach Einzelheiten?«

»Ja, und ich log ihm nichts vor, denn er hätte ja auch die Mädchen fragen können.«

»Er erfuhr also, daß ich mich für Claire Meola interessierte und daß ich mich bei Ihnen nach einem gewissen ›Sergio‹ erkundigte?«

Sie nickte. »Sie haben mir nicht verboten, darüber zu sprechen.«

»Schon in Ordnung, Miß Smith! Die Mädchen in der Garderobe haben seitdem auch mit einer Anzahl Leuten gesprochen, nicht wahr?«

Sie zögerte mit der Antwort. »Ich kann nicht verhindern, daß ihre Freunde sie in der Garderobe besuchen, sie alle haben Freunde, die offensichtlich zu . . .« Sie brach ab und blickte zu dem Keeper, der zwar in einiger Entfernung stand, aber die Ohren spitzte. Sie wollte nicht aussprechen, daß es Männer waren, die zu Gales Gang gehörten.

»Wo ist Harmon Loyd?«

»Er verließ den Club zehn Minuten nach Ihnen. Er nahm das Mädchen mit, mit dem er zuletzt über die Mitwirkung bei bestimmten Fotos verhandelt hatte.«

»Mußte das Mädchen nicht auftreten?«

»Eigentlich ja. Loyd muß es überredet haben, einfach wegzugehen. Wenn Mr. Gale davon erfährt, wird es Schwierigkeiten bekommen.« Sie trank den Rest ihres Kaffees und blickte auf ihre Armbanduhr. »Noch eine gute Stunde«, seufzte sie.

»Müssen Sie bleiben?«

»Meine Arbeitszeit ist identisch mit der Öffnungszeit des Clubs.«

»Gale hat andere Sorgen, als sich um die Einhaltung der Arbeitszeit zu kümmern.«

»Ich halte getroffene Vereinbarungen.«

»Haben Sie mal darüber nachgedacht, warum Gale Sie engagierte, Miß Smith? Glauben Sie wirklich, er erwarte von Ihnen, daß Sie sich Maßnahmen ausdenken, die das Betriebsklima verbessern? Er vermutet, daß Sie für irgendwen bei ihm spionieren sollen, aber er wirft Sie nicht raus! Dazu ist er zu schlau. Er stellte Sie ein, weil er hofft, Sie umdrehen zu können, wenn ihm der Zeitpunkt dazu passend scheint.«

Sie antwortete nicht sofort, sondern rutschte vom Barhocker.

»Möglich, daß Sie recht haben. Es wird sich herausstellen.«

Sie ging hinter den Tischen an der Wand entlang zur Tür, die in den Garderobengang führte.

In diesem Augenblick erschütterte eine Explosion den Bau wie ein Erdbebenstoß. Flaschen und Gläser stürzten um; das Licht erlosch. Ein heißer Luftzug fegte durch den Raum, aber der eigentliche Explosionskrach war relativ gering. Was immer explodiert war, es war in einem anderen Teil des Hauses hochgegangen.

Mehr die Dunkelheit als die Explosion selbst löste die Panik aus. Alles schrie durcheinander. Die Gäste warfen Tische und Stühle um. Rücksichtslos drängte alles fluchtartig auf die Ausgänge zu.

Ich sprang von der Bar zur Wand, an der Lorraine Smith entlanggegangen war, und nahm an, daß Phil ähnlich handelte. An der Wand kam ich gut vorwärts. Kurz vor dem Garderobeneingang stolperte ich über Lorraine. Sie lag auf dem Boden. Ich hob sie auf.

Ich mußte schreien, um mich dem Mädchen bei dem herrschenden Durcheinander von panikerfüllten Stimmen, bei dem Lärm, der rings um mich her in den Räumen des Clubs herrschte und sich von Sekunde zu Sekunde steigerte, verständlich zu machen.

»Ich bin's, Cotton! Sind Sie okay, Miß Smith?«

»Ja, ich glaube. Ich . . .«

Ich ließ sie nicht ausreden. »Wo war es?« brüllte ich.

In diesem Augenblick prallte jemand gegen mich. Es war Phil. Ich erkannte ihn sofort an seiner Stimme.

»In den Garderoben, bei den Girls! Ich wollte gerade nach der Klinke greifen, als mir die Tür entgegenflog und mich zu Boden schleuderte!« schrie Lorraine zurück.

Im Hauptlokal glühten die Notlampen auf. Das Licht, so kümmerlich es auch war, wirkte schlagartig auf die sich wie rasend gebärdenden Menschen beruhigend. Das Schreien ebbte ab.

Lorraine packte plötzlich eins meiner Handgelenke.

»Hören Sie es jetzt?« fragte sie entsetzt. »Es sind die Mädchen. Wir müssen ihnen helfen, sofort . . .«

Phil und ich drangen in den Garderobengang ein. Nur eine Notlampe hatte, gesichert durch den Drahtkorb, die Explosion überstanden. Aber es gab noch anderes Licht im Gang – das Licht von Flammen.

Wir rannten in die Garderobe. Die Schminktische waren durcheinandergeworfen, alle Spiegel zerbrochen; und das große Spiegelfenster, durch das Gale die Mädchen beobachtete, war in das Büro geflogen. Überall brannten Kostüme.

Ein Mädchen lag unmittelbar vor dem Eingang, nackt und ohnmächtig. Wir trugen es in den Gang hinaus. Das nächste schreiende Girl fanden wir unter einem umgestürzten Schminktisch. Wir räumten die Trümmer des Tisches von der Unglücklichen. Als wir sie anfaßten, um sie hinauszutragen, wurde sie ohnmächtig. »Eine Tür!« rief Phil. Wir hoben eine schräg hängende Tür aus den Angeln und legten das Mädchen darauf.

Zwei Männer tauchten im Gang auf. Sie hielten Pistolen in den Händen und blickten so verstört und bösartig um sich, daß ich fürchtete, sie könnten völlig sinnlos zu schießen anfangen.

»Kanonen weg!« schrie ich. »FBI! Helft uns, die Mädchen rauszuschaffen!«

Es waren die Gangster, die auf dem Dach postiert gewesen waren. Als sie zögerten, brüllte ich sie an. »Los, bringt Türblätter! Die Mädchen müssen vorsichtig transportiert werden. Sie sind alle verletzt.« Das half, sie ließen ihre Schießeisen verschwinden und setzten sich in Bewegung.

Lorraine Smith kam und hielt einen Feuerlöscher in der Hand.

Ich nahm ihn ihr ab. »Probieren Sie, ob das Telefon noch funktioniert! Ich wette, bis jetzt hat niemand daran gedacht, die Unfallrettung zu alarmieren.«

Wir versuchten, das nächste Mädchen zu bergen. »Zwecklos«, sagte Phil leise. »Tot.«

Wir bargen fünf Mädchen, die noch lebten, aber wir wußten nicht, wie schwer sie verletzt waren.

Lorraine Smith kam zurück. Sie brachte Verbandszeug mit. »Das Telefon funktioniert.«

Aus dem Hauptlokal drängten die ersten Neugierigen heran, nachdem sie gemerkt hatten, daß für sie keine Gefahr mehr bestand. Ich versuchte, sie zurückzuhalten. Erregt, ruppig, gierig auf den Anblick von Blut und Unglück ließen sie sich nicht bremsen. Ich griff nach dem 38er. Der Anblick der Waffe brachte nur die vordersten zur Vernunft. Alle, die weiter hinten standen, versuchten noch immer, in den Garderobengang vorzudringen.

Da entstand in den hinteren Reihen eine wilde Schlägerei. Jemand schrie: »Haut drauf, Jungs!« Die Neugierigen wurden nach allen Seiten auseinandergewirbelt. Gales Gorillagarde unter Anführung von Barnie Hults räumte den Club in zwei Minuten. Hults stoppte erst, als er unmittelbar vor mir stand. Er hielt einen Colt in der Pranke, den er schnell verschwinden ließ.

»Was ist passiert, G-man?«

»Eine Sprengladung ist in der Garderobe explodiert!«

Er massierte seinen kurzgeschorenen Marineinfanterieschädel, als könnte er damit seine Gehirntätigkeit anregen.

»Habt ihr den Kerl, der das Ding hochgejagt hat?«

»Nein.«

»Wie konnte er überhaupt reinkommen? Wir bewachen doch alles.«

»Schon mal daran gedacht, daß es 'ne Menge Möglichkeiten gibt, Sprengstoff explodieren zu lassen, ohne danebenzustehen?«

Sein Gesichtsausdruck zeigte, daß ihm ein Licht aufging. Er drehte sich um und schickte das knappe Dutzend Gale-Leute, das sich hinter ihm angesammelt hatte, mit einer Armbewegung weg.

»Nichts mehr für uns zu machen, Jungs. Die Schnüffler sind schon hier.«

Ein paar Minuten später kamen die ersten Cops und Feuerwehrleute des Rettungsdienstes gleichzeitig. Ihnen folgten Reporter, die sich auf der Suche nach Sensationen an die Rettungswagen angehängt hatten.

Ich winkte Phil. »Übernimm du alles, was hier noch geschehen muß. Ich möchte mich um einen Mann kümmern. Es ist nur ein Versuch, ein Schuß ins Blaue.«

Mit Rotlicht und heulender Sirene jagte ich den Jaguar in Rekordzeit zum Harlem River. Im grauen Licht des neuen Morgens stoppte ich ihn vor dem Haus, das Loyd bewohnte. Loyds Wagen, ein weißer, ungewaschener und leicht angebeulter Chevrolet, stand vor der Garageneinfahrt. Ich flankte über den niedrigen Vorgartenzaun und läutete an der Haustür.

Es war, als würde der Film meines ersten Besuches zum zweiten Mal abgespult. Es dauerte lange, bis Loyd öffnete. Als es endlich geschah, trug er den gleichen blauen, verknitterten Schlafanzug, war verschlafen und hatte nur einen Pantoffel gefunden. Als neue Nuance dieses Auftritts roch er deutlich nach Alkohol. Er faßte mit beiden Händen an seinen Schädel.

»Das darf nicht wahr sein. Schon wieder Sie, G-man?! Wollen Sie mich durch Schlafmangel umbringen? Oder praktizieren Sie den dritten Grad?«

Er drehte sich um, kümmerte sich nicht weiter um

mich und schlurfte in den Wohnraum, in dem es wüst aussah. Eine Whiskyflasche enthielt nur noch einen fingerbreiten Rest. Der Aschenbecher quoll über von Zigarettenstummeln, deren Mundstücke teilweise mit Lippenstift verschmiert waren; Lippenstift von derselben Farbe, mit der auch Loyds Gesicht und Hals gekennzeichnet waren. Der Fotograf hob einen Stöckelschuh auf und ließ ihn wieder fallen. »Verdammt, ich dachte, es wäre mein zweiter Pantoffel.«

Der Stöckelschuh war bei weitem nicht das einzige weibliche Bekleidungsstück im Raum. Auf dem Sessel lag ein Büstenhalter; ein Strumpf hing zur Hälfte von der Tischplatte herunter und bewegte sich im Luftzug. Auf der Suche nach dem Pantoffel nahm Loyd einen kurzen schwarzen Rock vom Sitz eines zweiten Sessels, aber darunter lagen nur seine Kamera und das Blitzgerät. Wütend schleuderte er den Rock durch den Raum und ließ sich auf die Couch fallen. Er fuhr sich mit den Fingern durch das wirre blonde Haar.

»Warum kommen Sie, G-man?«

»Ich will herausfinden, was Sie heute nacht getrieben haben.«

Er pflückte den Strumpf vom Tisch und zog ihn zwischen den Händen straff. »Dreimal dürfen Sie raten«, sagte er.

»Wo ist die Lady?«

Er ließ den Strumpf fallen und wies mit dem Daumen gegen die Decke. »Schlafzimmer in der ersten Etage. Leider. Sie war schwerer, als ich erwartet hatte, und sie bestand darauf, die Treppe hinaufgetragen zu werden.«

»Wer ist es?«

»Eines der ›Silver-Strike‹-Mädchen. Sie kennen sie. Ich sagte Ihnen doch, daß wir uns über die Herstellung von gepfefferten Fotos geeinigt hätten.«

»Und haben Sie Fotos gemacht?«

»Nein, wir kamen gleich zur Sache.«

Ich nahm Kamera und Blitzgerät in die Hand. Ich öffnete den Klappenverschluß des Blitzgerätes und sah die Batterien. Das Zählwerk der Kamera zeigte die Zahl fünfzehn. »Alle Aufnahmen, die Sie in der Garderobe machten?«

»Ja, aber nehmen Sie mir bitte nicht wieder den Film fort, G-man. Für mich wird es höchste Zeit, ein paar Bilder zu verkaufen. Ich bin fast pleite.«

»Sie haben zur falschen Zeit in der Garderobe fotografiert. Sie hätten auf den Auslöser drücken müssen, als die Höllenmaschine explodierte. Dann besäßen Sie jetzt tatsächlich ein Sensationsfoto.«

Vielleicht begriff er nicht sofort, weil zuviel Alkoholdunst sein Gehirn vernebelte. »Was meinen Sie?«

»Irgend etwas explodierte in der Garderobe des Gale-Clubs. Fünf verletzte Mädchen. Eine Tote.«

»Oh, verdammt!« sagte er leise. Plötzlich fuhr er auf. »Was soll ich damit zu tun haben? Warum kommen Sie her?«

»Sie waren in der Garderobe.«

»Ich war hier. Fragen Sie . . .« Da ihm der Name fehlte, zeigte er wieder gegen die Decke, ». . . die Süße da oben.«

»Nicht kurz vor der Explosion, aber am Abend vorher.«

»Sie auch!« schrie er. »Und außer Ihnen und mir noch andere; dafür verwette ich meinen Kopf.«

Er geriet immer mehr in Erregung. »Außerdem könnte eines der Mädchen selbst die Ladung angebracht haben, oder . . .«

»Schon gut. Ich will Ihre Freundin sprechen.«

Er beruhigte sich. »Solange Sie sie nur sprechen wollen – nichts dagegen einzuwenden, aber rechnen Sie nicht mit 'nem empfangsfähigen Zustand.«

Das Schlafzimmer sah wenig besser aus als der Wohnraum. Eine leere Flasche rollte über den Boden, eine halbvolle stand auf dem Nachttisch. Auch in den Gläsern schwappte ein Rest Whisky. In einem Glas löste sich eine Zigarettenkippe langsam in ihre Bestandteile auf.

Das Mädchen schnarchte hörbar. Schön an ihm war auch im Schlaf das glänzende schwarze Haar, während das Gesicht aufgedunsen und fast entstellt aussah von zuviel Alkohol. Es lag mit ausgebreiteten Armen. Die Decke hing halb auf die Erde. Loyd hob sie auf und deckte das Mädchen zu. Es machte eine unwillige Bewegung, schlief aber weiter.

»Wecken Sie sie auf!«

Der Fotograf kniete auf dem Bett, faßte in das Gesicht des Mädchens und schüttelte seinen Kopf.

»Komm hoch, Süße! Schon wieder möchte dich ein Gentleman sprechen.«

Die Augenlider flatterten, hoben sich. Blicklos starrte uns das Mädchen an, wollte weiterschlafen. Loyd ließ es nicht zu. »Bleib wach, Engel! Morgenstund hat Gold im Mund – glaubt der FBI.«

Der Blick des Mädchens gewann Leben. Es richtete sich auf, Loyd half. Die Decke glitt wieder herab. Das Girl kümmerte sich nicht darum, zog die Knie an und stützte den Kopf in beide Hände.

»Oh, Himmel ist mir schlecht!« Dann nahm sie die Hände herunter.

»Wer sind Sie?« fragte sie. »Ich habe Sie schon mal gesehen.«

»Der G-man, der gestern in die Garderobe kam!«

»Richtig! Ich sterbe vor Durst!« Sie griff nach den

Gläsern auf dem Nachttisch, erwischte das Glas mit der aufgelösten Zigarettenkippe. Loyd entwand es ihr. »Willst du dich umbringen?« Er stand auf, holte einen Sodasiphon und spritzte eine Ladung Wasser in ein Glas. Das Mädchen leerte es auf einen Zug.

»Sagen Sie mir Ihren Namen!« verlangte ich.

»Carminia!«

»Nicht nur den Namen, unter dem Sie auftreten.«

»Amely Kyman.«

»Seit wann sind Sie hier, Miß Kyman?«

»Seit gestern.« Sie wandte sich an Loyd. »Wieviel Uhr war es, Darling?«

»Sie sollen antworten.«

»Elf Uhr abends, denke ich. Wir sind sofort hergefahren. Er versprach mir 'nen Haufen Dollars.« Sie richtete den Zeigefinger auf den Fotografen. »Du, die kriege ich noch von dir.«

Er grinste. »Haben wir Fotos gemacht?«

»Ach, zum Teufel, nein!« Wieder griff sie an ihren Kopf. »Wir müssen fürchterlich viel getrunken haben.«

»Nicht nur getrunken, denke ich«, warf Loyd ein, stolz wie ein Hahn.

»Waren Sie die ganze Nacht zusammen?« fragte ich.

»Was denn sonst?« antwortete sie. »Wir sind's ja noch!«

»Nicht mehr lange«, sagte Loyd. »Ich werde dich bald rauswerfen. Wollen Sie sie nicht mitnehmen, G-man?«

»Ich kann nicht«, protestierte das Mädchen. »Ich bin völlig k.o.« Sie lächelte Loyd an. »Du hast mich ausgeknockt, Darling.«

»Wann sind Sie eingeschlafen, Miß?«

»Irgendwann, als wir genug hatten. Sehen Sie immer auf die Uhr, wenn Sie . . .« Sie unterbrach sich und winkte Loyd. »Einmal bin ich aufgewacht, ich erinnere mich, und du warst da, Darling. Wieviel Uhr war es?«

»War ich nur einfach da, oder erinnerst du dich nicht auch an mehr?«

»Wieviel Einzelheiten willst du dem G-man noch erzählen? Ich verliere meinen guten Ruf.« Sie erinnerte sich daran, daß sie so gut wie nackt war, griff zur Decke und zog sie zu den Schultern hoch.

»Danke für die Auskünfte, Miß Kyman.« Ich stand auf und verließ das Schlafzimmer. Loyd folgte mir die Treppe hinunter. »Erzählen Sie mir Einzelheiten über alles, was im Club passierte. Ich fühle mich jetzt wach und werde uns Kaffee kochen!«

»Machen Sie sich selbst auf die Strümpfe. Ihre Kollegen sind schon an Ort und Stelle.«

An der Haustür blieb ich stehen. »Haben Sie ein Boot, Loyd?«

»Meinen Sie ein Motorboot? Wozu? Nein, ich habe kein Boot. Ich weiß kaum, wie ich die Wechsel für meinen Chevrolet bezahlen soll.«

Ich nickte und streckte die Hand aus. Er glaubte, ich wollte seine Hand schütteln, und machte eine entsprechende Bewegung mit dem Arm, aber ich griff unter die Jacke seines Schlafanzuges und zog die Pistole aus dem Hosenbund. Es war eine 32er Automatic. Ich ließ das Magazin aus dem Griff gleiten. Die Kanone war bis an den Rand geladen.

Ich sah Loyd an. Er hielt dem Blick ohne Lächeln stand.

»Na und?« sagte er langsam. »Wenn morgens um fünf Uhr an Ihrer Tür geläutet wird, und Sie wissen, daß Sie weder Milch noch Brötchen bestellt haben, würden Sie dann nicht auch ein Schießeisen zum Öffnen mitnehmen?«

»Vielleicht!« Ich schob das Magazin in den Griff und

hielt ihm die Waffe hin. »Ich wollte mich nur vergewissern, ob es ein Modell ist, das im Gangsterkrieg schon benutzt worden ist.«

»Und das Resultat Ihrer Prüfung?«

»Noch nicht – bis jetzt noch nicht.«

Der Text des Begleitbriefes war feierlich und ein wenig altmodisch.

Ich habe die Ehre, Ihnen als Anlage drei Aktenstücke zu übermitteln, deren Inhalt im Zusammenhang mit Ihrer Anfrage zu stehen scheint. Bei der in Ihrem Amtsbereich erschossenen Person handelt es sich um den britischen Staatsbürger William Nolan, genannt der Grenadier. Informationen über Leben und Vorstrafen finden Sie in der Akte N 544. Ich erlaube mir, darauf hinzuweisen, daß Nolan in mehreren Fällen mit seinem Vetter Stanley Garden zusammenarbeitete. Vertrauliche Hinweise, die meine Behörde aus bestimmten Kreisen erhielt, sprechen davon, daß Nolan und Garden zu einer gutbezahlten Tätigkeit in die USA gereist sind. Ein dritter Mann, dessen Namen mit Kenneth Porgway angegeben wurde, soll beide begleitet haben. Die Akten G 3402 bzw. Po 469 B enthalten alle Informationen, die meine Behörde über die letztgenannten Personen besitzt. Ihnen gedient zu haben, gereicht mir zu besonderen Freude.

Unterzeichnet war der Brief vom Chiefinspector der zuständigen Abteilung Scotland Yards, London.

Phil und ich schoben die Kopien der Fotos Stanley Gardens und Kenneth Porgways in die Taschen.

»Zwei englische Gangster also, die rübergeholt wurden, um bestimmte Verbrechen zu begehen«, stellte Mr. High fest. »Die Patronenhülsen beweisen, daß mindestens einer von ihnen auch am Mordanschlag auf Sie beteiligt war, Jerry.«

»Oder ein Amerikaner hat sich ihre Kugelspritzen ausgeliehen«, antwortete ich. »Sie können nicht ohne ortskundige Führung arbeiten. Auch ich würde in London hilflos dastehen, wenn ich nicht von einem Yard-Mann an die Hand genommen würde. Das gilt für die andere Seite genauso. Jedenfalls dann, wenn es um solche Dinge geht!«

»Wann immer sie auftauchten, arbeiteten sie für Gale und gegen Kinner.«

»Oder auf eigene Rechnung, z. B. bei mir.«

»Sind Sie sicher, Jerry? Auch Gale könnte Sie auf die Liste gesetzt haben.«

»Sir, ich habe eine bestimmte Vorstellung, wie sich alles abgespielt haben könnte, und sie hängt mit vier austernschlürfenden Gentlemen zusammen.«

»Pack aus!« sagte Phil.

Ich setzte dem Chef und Phil meine Gedanken auseinander. Beide hörten aufmerksam zu, obwohl ich keinen Beweis anzubieten hatte.

»Wenn es so wäre, was können wir tun?« fragte Mr. High.

»Die Engländer fassen und den Krieg zwischen Gale und Kinner stoppen. Aber der Henker mag wissen, ob beide überhaupt noch zur Vernunft zu bringen sind.«

»An der Explosion in der Garderobe war nichts Englisches beteiligt«, erklärte Mr. High. »Die technische Untersuchung ergab, daß Plastiksprengstoff verwendet wurde, wie er in den Staaten hergestellt wird. Die Zündung erfolgte durch ein Funksignal. Die Techniker haben genug Trümmer von Einzelheiten gefunden, um die Höllenmaschine rekonstruieren zu können. Außerdem haben sie alle Einzelheiten als US-Material identifiziert.«

»Wie groß war der Sprengsatz mit Zündvorrichtung vermutlich?«

»Wir erhalten noch eine Rekonstruktionszeichnung. Im Augenblick läßt sich noch nichts Endgültiges sagen.«

Mr. High preßte die Lippen aufeinander. »Der Anschlag kostete das Leben eines Mädchens, und keines der anderen wird ohne Narben und Schäden bleiben. Ich sprach heute morgen mit dem Chef der City-Police. Seine Leute werden ab sofort alle Objekte bewachen, von denen wir wissen, daß sie Gale oder Kinner ganz oder teilweise gehören. Die City-Police verstärkt die Streifen östlich und westlich der 7. Avenue. Allerdings werden alle Maßnahmen neue Anschläge nicht verhindern können, wenn weiter so heimtückische Waffen wie funkgezündete Sprengladungen verwendet werden.«

»Falls wir Gale oder Kinner finden, können wir sie festnehmen?« fragte Phil.

»Ich würde die Festnahme decken«, antwortete Mr. High, »aber dem Untersuchungsrichter haben wir keine Beweise anzubieten. 24 Stunden nach der Verhaftung müßten wir sie wieder freilassen.«

»Wir setzen jedem eine Beschattungsgruppe auf die Fersen», schlug ich vor. »Wenn es in der Umgebung von G-men wimmelt, werden sich auch Gale und ›The Feather‹ in ihrer Aktivität gedämpft fühlen.«

»Leider sind beide von der Bildfläche verschwunden. Gangbosse ihrer Größenordnung sorgen immer für schlechte Zeiten vor. Sie schaffen sich einen Unterschlupf, von dem aus sie ihre Banden dirigieren können, ohne sich selbst zeigen zu müssen. Nur ein paar Vertraute kennen die Verstecke. Bei Gale vielleicht nur Nelson Giordano und Barnie Hults; bei ›The Feather‹ könnte der Kreis größer sein, weil er keine Vertrauten hat. Er muß seine Leute eigenhändig zusammenhalten.«

»Sir, wir kennen fast zwei Dutzend Männer, die für Gale oder Kinner arbeiten. Wir sollten sie uns vornehmen. Vielleicht können wir einem von ihnen so lange gut zureden, bis er uns verrät, wo sich ihre Bosse die Generalstabsbunker gebaut haben.«

»Versuchen Sie es! Ich fürchte allerdings, daß die Syndikatsdisziplin noch zu straff ist. Der Krieg muß noch mehr Opfer fordern, bis die Furcht, sinnlos für die Interessen der Bosse verheizt zu werden, so übermächtig wird, daß es zu Meutereien kommt.«

Während der nächsten acht Tage schien es, als wäre Mr. Highs Prophezeiung falsch. Zu unserer Überraschung und Erleichterung geschah nichts. Weder wurde Kinners Büro in der 14. Straße angegriffen, noch passierte etwas im Hafenbereich oder in der 96. Straße bei dem ›Quick-Service‹, der längst wieder geöffnet worden war. Auf der anderen Seite blieb der ›Silver-Strike‹-Club nur zwei Tage geschlossen. In der dritten Nacht nach der grausamen Explosion funkelte wieder der Neonblitz über dem Eingang. Die Girls zogen sich in einer Notgarderobe um und kletterten zitternd vor Angst, aber gehorsam auf Befehl ihrer brutalen Freunde auf die Bühne und streiften ihre Kostüme vor leeren Stühlen ab. Denn nach der Explosion verspürten auch die sensationslüsternsten Nightclubfans keine Lust, sich auf ein Sprengstoffpaket zu setzen.

Phil und ich schliefen in dieser Woche jeden Tag nur eine Handvoll Stunden am Vormittag. Während der Nächte grasten wir die Reviere der beiden Organisationen auf der Suche nach einem Mann ab, der uns einen Tip über Gales oder Kinners Aufenthalt geben konnte. Nelson Giordano tauchte einmal im ›Silver-Strike‹ auf. Als er Phil sah, türmte er. Phil versuchte ihm zu folgen. Zwei Männer blockten ihn ab. Als er sie aus dem Wege geräumt hatte, konnte er nur noch auf der Straße einen dritten Burschen ausknocken, der die Luft aus den Reifen seines Wagens ließ.

Ich konzentrierte meine Suche auf das Gebiet an der Westseite, und ich gab die Hoffnung nicht auf, ›The Feather‹ selbst zu begegnen. Gale würde sich nicht aus seinem Versteck rühren, bis er sicher sein konnte, daß seinem Elefantenkörper keine Gefahr drohte. Anders James Kinner; er hatte keinen Rechte-Hand-Mann, wie es Giordano für Gale war, und sein Temperament machte es ihm völlig unmöglich, sich vorsichtig und still zu verhalten. Außerdem besaß Kinner eine Schwäche von der Gale längst nicht mehr gequält wurde; Kinner brauchte Frauen nicht nur zum heimlichen Beobachten, sondern zum Anfassen.

Es dauerte einige Tage, bis ich herausgefunden hatte, daß das blond-rosa-weiße Wesen die Wohnung gewechselt hatte. Nach unseren gemeinsamen Erlebnissen in dem Schnellimbißrestaurant hatten wir sie als Zeugin vernommen. Damals hatte sie Namen und Adresse mit Lena Plate, W 18. Straße 40 angegeben, und das war ungefähr alles gewesen, was sie zu sagen hatte. Jetzt wohnte ein anderes Girl in ihrem Apartment, eine magere, busenlose Stenotypistin, die zweifelsfrei kein Kinner-Typ war.

Nach langem Suchen fand ich den Taxifahrer, der

sich an Lena Plates beeindruckende Figur und die Unmenge Koffer erinnerte, die er hatte transportieren müssen. An die Adresse, an der er sie abgesetzt hatte, erinnerte er sich nicht mehr so genau. Ich fuhr einen ganzen Nachmittag mit ihm ein Dutzend Blocks ab, die es alle gewesen sein konnten und es alle nicht waren. Gegen zehn Dollar versprach der Taxifahrer, auf eigene Faust weiter nach der richtigen Adresse zu fahnden.

An diesem Abend stieß ich auf Harmon Loyd. Er trug einen blauen Trenchcoat und hatte anscheinend seine Kamera zu Hause gelassen. Wir begegneten uns in einem schmierigen Drugstore, in dem sich die Wetter mit den illegalen Buchmachern trafen. Er schwenkte eine Wettquittung.

»Ich habe fünf Dollar auf einen Gaul gewettet, der morgen über eine Rennbahn in Frisco trabt«, lachte er.

»Sind Sie deswegen hergekommen?«

»Selbstverständlich nicht. Den letzten Schlag führte Kinner; also muß der nächste wieder von Gale kommen. Dieses Mal möchte ich zur Stelle sein.«

»Ohne Kamera?«

Er knöpfte den obersten Knopf des Trenchcoats auf. »Oh, nein, aber es ist besser, sie nicht zu zeigen. Wissen sie inzwischen, wo Ernest Gale sich aufhält?«

»Warum fragen Sie?«

Abwehrend hob er beide Hände. »Nicht meinetwegen, aber Lorraine sucht verzweifelt nach ihrem Chef. Sie braucht Geld für die Mädchen im Krankenhaus, und Gale meldet sich nicht, und niemand scheint bereit zu sein, für die Mädchen auch nur einen Cent herauszurücken. Lorries soziales Gewissen zwingt sie, gegen solche Methoden Sturm zu laufen, aber sie weiß nicht, wohin sie laufen soll.«

»Können Sie ihr nicht helfen?«

»Mit Geld?« Er lachte. »Ich besitze gerade noch zweihundert Dollar. Die Zeitung, der ich die Garderobenfotos verkaufte, zahlte genau diese Summe.«

»Ich meinte Gales Adresse. Kennen Sie sie nicht?«

Er kniff die Augen zusammen. »Ich bin nicht Gales Mann. Ich bin nur ein neugieriger Fotograf!«

»Wirklich?«

»Warum verdächtigen Sie mich, G-man?«

»Waren Sie jemals in England, Loyd?« fragte ich, statt zu antworten.

»Vor zehn Jahren. Damals besuchte ich eine Kunstakademie. Mit zehn Studenten meines Jahrgangs fuhren wir nach Europa. Sie kennen doch meinen Lebenslauf, Cotton. Ihre Kollegen von der Mordkommission haben sich alles erzählen lassen. Ich wette, daß Sie eine Protokollkopie erhielten.«

»Waren Sie auch in Italien?«

»Selbstverständlich. Ich wollte Kunstmaler werden. Damals glaubten wir alle, in Italien würde uns die Muse küssen. Für Maler ist Italien das gleiche, was für Spieler Las Vegas ist.«

»Sie wurden nur Fotograf.«

Er zuckte die Achseln. »Für gute Malerei war ich nicht begabt genug. Als es sich herausstellte, gab ich auf.« Er suchte meinen Blick. »Sie haben meine Frage noch nicht beantwortet. Warum verdächtigen Sie mich?«

Ich lächelte. »Meistens erzählen wir den Leuten erst dann, was wir von ihnen halten, wenn wir ihnen die Hand auf die Schultern legen.«

Sein Lachen klang krampfhaft. »Ich fühle mich als verfolgte Unschuld. Ich wünsche, ich könnte Ihnen beweisen, daß ich völlig in Ordnung bin.« Er dachte nach. »Sie suchen Kinner?«

»Natürlich!«

»Wenn ich ihn finde, und den FBI informiere, werden Sie mich dann noch verdächtigen?«

»Wollen Sie den FBI schlagen?«

»Unterschätzen Sie mich nicht, Cotton! Ich kenne eine Menge Leute im Dschungel.»

Der Taxifahrer betrat den Drugstore. Ich hatte ihm meine FBI-Zugehörigkeit verschwiegen und ihn im Glauben gelassen, ich suchte aus Eifersucht nach Lena Plate. Da ich ihm meine Telefonnummer nicht nennen konnte, hatten wir uns in diesem Drugstore verabredet. Er steuerte auf mich zu. »He, Mister. Jetzt habe ich . . .«

Ich stoppte ihn. »Eine Sekunde noch! – Loyd, am besten machen Sie sich jetzt aus dem Staube.«

Er musterte den Taxifahrer mit einem kurzen Blick und verließ den Drugstore.

»Sie wohnt ganz in der Nähe. 9. Avenue 120.«

Dieses Mal stimmte die Adresse. Als die Tür des Apartments B 12 geöffnet wurde, stand Kinners Freundin im Rahmen. Sie füllte ihn nach allen Richtungen aus. Sie trug einen weißen Bademantel und hatte das blonde Haar aufgesteckt. Ihr rundes Gesicht mit den törichten blauen Augen und dem starklippigen Mund war ungeschminkt. »Oh, wie haben Sie mich gefunden, G-man?«

»Wollten Sie nicht gefunden werden?«

»Jimmy wollte es nicht.« Sie sah mich unglücklich an. »Ich fürchte, er will auch nicht, daß ich mit Ihnen spreche.«

»Er kann es nicht verhindern.«

Sie lächelte. »Sie sind ein Polizist. Man kann nichts gegen Sie tun. Also kommen Sie rein.«

Sie schnürte ihre Verpackung fester und ging vor. Die Hüften schlugen Wellen.

»Wollen Sie etwas trinken, G-man?« fragte sie im Wohnraum, der mit Couch, Sesseln, einem billigen Teppich eingerichtet war wie alle diese möblierten Apartments. Lena Plate hatte mit Kissen, Vorhängen und Decken einen Hauch von Rosa darübergebreitet.

»Nehmen Sie doch Platz!« Sie wies auf einen Sessel. Selbst ließ sie sich auf die Couch fallen.

»Sie hätten sich anmelden sollen«, sagte sie. »Ich muß einfach gräßlich aussehen.«

Sie leckte über ihre Lippen und senkte die Lider. Sie konnte nicht anders, als ihre Verführungskünste spielen zu lassen, sobald ein Mann in Reichweite war. Sie war darauf programmiert.

»Hat Kinner Ihre neue Wohnung schon gesehen?«

»Er hat sie selbst ausgesucht.«

»War er schon hier, seitdem Sie hier wohnen?«

»Selten genug. Nur dreimal.«

»Wo schläft Kinner in den übrigen Nächten?«

»Keine Ahnung! Vielleicht hat er noch andere Freundinnen. Oh, wenn ich das erführe, würde ich mir sofort einen zweiten Freund zulegen. Wie wäre es mit Ihnen, G-man?«

Eine Sekunde lang fürchtete ich, mein Beruf könnte neue, ungewöhnliche Opfer von mir verlangen.

Lena Plate verschränkte die Arme hinter dem Nakken. »Lieber nicht«, lachte sie. »Einen Polizisten würde mir Jimmy niemals verzeihen.«

»Lassen Sie uns ernsthaft miteinander sprechen, Miß Plate.«

»Gibt es ein ernsthafteres Thema als die Liebe?« Sie löste das aufgesteckte Haar. »Für mich ist sie das wichtigste Thema der Welt.« Sie schüttelte das Haar frei. »Für Sie nicht? Ich meine Liebe, nicht Sex.«

»Sie wissen, daß Kinner ein Gangster ist.«

»Zu mir benahm er sich immer reizend«, antwortete sie entnervend unlogisch.

»Hören Sie, Miß Plate! Wir können noch mehr Unglück verhindern, wenn wir ›The Feather‹ finden.«

»Ich bin überzeugt, daß Sie sich irren, G-man. Jimmy ist im Grunde seines Herzens ein gutmütiger Bursche, der . . .«

»Erzählen Sie keinen Unsinn«, schnitt ich ihr das Wort ab. »Sie waren dabei, als der Schnellimbiß überfallen wurde.«

»Ja, aber Jimmy war das Opfer des Überfalls. Er selbst hatte nichts Böses getan.«

»Sie können doch nicht blind dagegen sein, daß Kinner der Boß einer Gang-Organisation ist.«

Sie zerknüllte das Band, mit dem ihr Haar aufgebunden gewesen war, zwischen den Händen. »Für mich ist Jimmy der Mann, der meine Kleider bezahlt, mir Geld gibt und zärtlich zu mir ist«, schrie sie zwischen Zorn und Tränen.

»Möglich, daß er zu Ihnen immer leidlich nett war, Miß Plate. Andere Leute hat er rauher behandelt, aber davon will ich jetzt nicht sprechen. Zwischen Kinner und einem anderen Gang-Boß tobt ein Krieg. Sie selbst wären beinahe Opfer dieses Krieges geworden. Der FBI muß diesen Gangsterkrieg beenden, bevor er noch mehr Tote kostet.«

Ihre Augen füllten sich mit Tränen. »Ich verstehe überhaupt nicht, wovon Sie reden«, schluchzte sie. »Sie wollen mich reinlegen. Ich soll Jimmy verraten, das wollen Sie! Lassen Sie mich in Ruhe! Gehen Sie!«

Das Telefon läutete. Noch schluchzend nahm sie den Hörer ab. Ihr Gesicht veränderte sich. »Oh, hallo«, sagte sie und starrte mich an. »'n Abend . . .« Sie vermied, den Namen zu nennen. Ich wußte, daß Kinner der Anrufer war. Ich wünschte mir hypnotische Fähigkeiten, um das Girl davon abzuhalten, Kinner zu sagen, daß ich hier war.

Ich stand auf, beugte mich über Lena und blickte ihr drohend ins Gesicht. Sie drehte den Kopf zur Seite. »Nein, nein«, sagte sie, »es ist nichts Besonderes . . . Jimmy, der G-man ist hier. Sie haben die Wohnung gefunden. Du kannst nicht kommen.«

Ich nahm ihr den Hörer aus der Hand. »Kinner!«

Er reagierte mit einem wüsten Fluch und trennte die Verbindung. Langsam ließ ich den Hörer in die Gabel gleiten.

»Wissen Sie, von wo er anrief?« Sie schüttelte den Kopf.

»Es war dumm von Ihnen, Miß Plate. Ich hoffe, Sie werden nicht dafür bezahlen müssen.«

Sie saß auf der Couch, heulte und stand nicht auf, als ich die Wohnung verließ.

In dieser Nacht begann der Krieg wieder aufzuflackern. In der 55. Straße wurde ein illegaler Buchmacher, der für Gale arbeitete, erschossen und ausgeraubt. In der Fulton-Street griffen Männer, die überraschend aus einem Auto sprangen, eine Kneipe an, die als Treffpunkt für Kinner-Leute galt. Sie feuerten aus Colts und Pistolen, töteten einen Mann und verletzten vier Personen, darunter eine Frau.

Die Berichte über diese Verbrechen fand ich auf dem Schreibtisch, als ich gegen Mittag ins Büro kam; außerdem eine Notiz mit einer Telefonnummer, die ich anrufen sollte.

Unter der angegebenen Nummer meldete sich das Hotel in Queens, in dem Claire Meola wohnte. »Ich hielt es für richtig, Ihnen zu sagen, daß Miß Meola seit drei Tagen nicht mehr ins Hotel gekommen ist«, sagte der Besitzer.

»Hat sie ihre Sachen zurückgelassen?«

»Ja, die Kleider hängen im Schrank.«

»Danke für den Anruf. Ich komme sofort zu Ihnen.«

In der Tür stieß ich mit Phil zusammen. »Neuigkeiten?« fragte er.

»Nur schlechte. Gestern nacht wurde geschossen, und Claire Meola ist seit drei Tagen nicht in ihr Hotel zurückgekommen.«

»Ich sprach gestern mit Lorraine Smith. Sie hält die Stellung im Nightclub, als wäre sie Gales Stellvertreterin. Gleichzeitig schimpft sie darüber, daß er nichts für die verletzten Mädchen tut. Sie scheint zu glauben, eine Gang müßte über eine Unterstützungskasse verfügen.« Er schüttelte den Kopf. »Eine Idealistin.«

Der Hotelbesitzer führte mich in das Zimmer, das Claire Meola gemietet hatte. Ich durchsuchte den Raum, ohne etwas Besonderes zu finden.

»Das Zimmer ist bis zum Monatsende vorausbezahlt«, sagte der Hotelier. »So lange werde ich ihre Sachen nicht herausnehmen.«

»Rufen Sie mich wieder an, falls Miß Meola zurückkommen sollte.«

Ich fuhr auf die andere Seite zum ›Tenafly-Palace-Hotel‹. Ich stellte den Jaguar auf dem Parkplatz ab in der Gesellschaft von einer Menge Cadillacs, Buicks, deutschen Mercedes und anderen exotischen Schlitten.

Die Rezeption in der Halle war lang. Ich sagte einem der Clerks dahinter, daß ich einen Direktor sprechen müßte. Als er den FBI-Ausweis sah, beeilte er sich mit der Anmeldung.

Der Direktor holte mich persönlich in sein Büro.

Eigenhändig schloß er sorgfältig die ledergepolsterte Doppeltür. »Bitte, keinen Skandal«, sagte er beschwörend. »In dieser Woche findet im ›Tenafly‹ ein Kongreß von 400 Kommunalpolitikern statt. Der Gouverneur selbst wird sie begrüßen. Die Bürgermeister von achtzehn amerikanischen Großstädten wohnen zur Zeit bei uns.«

»Ich interessiere mich nur für ein Mädchen. Der Name ist Claire Meola.«

»Wohnt sie bei uns?«

»Sie tritt in Ihrem Nightclub auf.«

»Der Nightclub gehört nicht zu meinem Ressort. Ich werde sofort den Geschäftsführer suchen lassen.«

Es dauerte zehn Minuten, bis der Manager des Nightclubs gefunden wurde. Es war der Mann, der Claire Meola zum Tisch der vier Gentlemen gebracht hatte, nur trug er am frühen Nachmittag keinen Frack, sondern einen grauen Straßenanzug. Er erkannte mich sofort. »Sie sind der FBI-Beamte, der mit Miß Meola sprach.«

»Ich möchte noch einmal mit ihr sprechen.«

Er breitete die Arme aus und schüttelte den Kopf. »Seit drei Nächten tritt sie nicht auf.«

»Ist sie einfach weggeblieben?«

»Sie rief an, sagte, sie wäre erkrankt und könnte nicht auftreten.«

»Sprachen Sie mit ihr?«

»Das Personalbüro nahm die Krankmeldung entgegen. Wenn sie nicht ein ärztliches Attest einreicht, muß sie die vertraglich festgelegte Konventionalstrafe zahlen – hundert Dollar für jeden Tag.«

»Sie kennen ihre Adresse?«

»Selbstverständlich.« Er nannte die Adresse des Hotels in Queens.

»Haben Sie dort rückgefragt?«

»Noch nicht! Wir lassen unseren erkrankten Angestellten drei, vier Tage Zeit, um sich die notwendigen Papiere zu beschaffen. Morgen oder übermorgen hätte ich mich allerdings um Miß Meola gekümmert.«

»Ich kann Ihnen die Arbeit abnehmen. Sie ist aus dem Hotel verschwunden. Mit dem Eintreiben der Konventionalstrafe werden Sie Schwierigkeiten haben.«

»Suchen Sie Miß Meola wegen eines Verbrechens?« fragte der Direktor.

»Sie war mit einem Mann befreundet, der erschossen wurde.« Ich wandte mich an den Geschäftsführer. »Sagen Sie mir, mit wem Sie Miß Meola gesehen haben. Mit wem kam sie? Wer holte sie ab?«

»Sie benahm sich ganz unauffällig. Sie sprach kaum mit ihren Kolleginnen, und wir dulden nicht, daß unsere Tänzerinnen Kontakt mit den Gästen suchen.«

»Langsam, Mister. Ich sah das Gegenteil.«

»Unmöglich!« rief der Direktor.

»Es handelte sich um Mr. Lucini und seine Freunde«, gab der Clubmanager zu. »Sie wünschten Miß Meolas Gesellschaft.«

»Hm, ach so!« Der Direktor trommelte mit den Fingern auf der Schreibtischplatte und wich meinem Blick aus.

»Warum genießt Mr. Lucini eine Vorzugsbehandlung?«

»Tja, wissen Sie, G-man, wir . . . ich meine die Direktion der Tenafly-Betriebe, haben Anweisungen, bestimmte Personen mit besonderer Aufmerksamkeit zu behandeln.« Er kam hinter seinem Schreibtisch hervor. »Das wird in allen Hotels so gehandhabt. Sie können z. B. Elizabeth Taylor oder Jackie Onassis nicht wie normale Gäste abfertigen, sondern müssen Sonderwünsche berücksichtigen.«

»Mr. Lucini ist, soviel ich weiß, weder Filmstar noch sonst eine Berühmtheit, sondern Besitzer eines Installationsgeschäftes in Newark. Wer gibt Ihnen die Anweisungen, einem Klempner die Wünsche von den Augen abzulesen?«

»Solche Anordnungen kommen von ganz oben aus dem Aufsichtsrat der Gesellschaft.«

»Ich möchte Mr. Lucini sprechen. Wo finde ich ihn?«

Der Direktor hätte sich am liebsten geweigert, den Mann suchen zu lassen. Er telefonierte mit der Rezeption, ließ sich mit dem Klubhaus des Golfplatzes verbinden und teilte mir dann mit: »Mr. Lucini spielt mit seinen Freunden Golf.«

»Danke! Ich werde ihn finden. Falls Sie irgend etwas über Claire Meola erfahren, sind Sie verpflichtet, den FBI zu informieren.« Ich sah den Geschäftsführer an. »Das gilt auch für Sie, und es gilt auch, wenn irgendwelche Gäste mit Sonderrechten anders darüber denken.«

Der Direktor brachte mich bis zu meinem Jaguar. Er druckste herum. »Vielleicht sollten Sie gegenüber Mr. Lucini nicht erwähnen, daß Sie mit mir gesprochen haben!« stotterte er, als ich bereits im Wagen saß und gerade den Motor starten wollte.

Ich sah ihn an.

»Gut!« erwiderte ich nach einer Weile. »Ich werde es mir überlegen!«

Der Golfplatz des ›Tenafly-Palace‹ erstreckte sich von der Südfront des Gebäudekomplexes über ein paar Quadratmeilen bis zum Ufer eines kleinen Sees. Ich erkundigte mich in dem feudalen Klubhaus nach Mr. Lucini.

»Seine Gruppe muß das siebte oder achte Loch bespielen«, sagte der Golftrainer. »Sehen Sie die einzelne Fichte in der Senke? Dort ist das siebte Loch.«

Ich marschierte auf die Fichte zu. Etwas 300 Yards jenseits entdeckte ich eine Gruppe von vier Männern, die ihre Bälle an das achte Loch herangespielt hatten. Als ich die Gruppe erreichte, versuchte Jack Lucini gerade, seinen Ball über rund zehn Yards einzuputten. Er trug eine karierte Mütze und eine Wildlederjacke. Ein blauer Seidenschal verdeckte seinen faltigen Geierhals. »Mr. Lucini!«

Er schlug. Der Ball rollte zwei Fuß am Loch vorbei. Lucini stützte den Schläger auf. »Sie sollten einen Mann nicht ansprechen, der sich auf einen Putschlag konzentriert«, sagte er vorwurfsvoll.

Er wandte sich an seinen Partner. »Wiederholen wir, Sal?«

Der Angesprochene verzog das lange, verknitterte Gesicht. Er mochte zehn Jahre jünger sein als Lucini, war mager und groß und hatte auffallend große starkknochige Hände.

»Geschlagen ist geschlagen, Jack! Du bist ein verdammter alter Mogler.« Die beiden anderen lachten.

»Was wollen Sie, Mann?« fragte er mich.

Ich zog den Ausweis. »FBI!«

Keiner der vier zeigte Überraschung. Der dritte Mann, ein Vierzigjähriger mit einem dichten schwarzen Schnurrbart, trat zwei Schritte vor, pflückte mir den Ausweis aus den Fingern, betrachtete ihn gründlich und gab ihn mir mit einem Lächeln zurück.

»Tatsächlich – ein G-man. Wen wollen Sie sprechen?« Er wies auf Lucini. »Jack?«

»Sie alle!«

Er zog die Augenbrauen hoch. »Alle? Irren Sie sich nicht? Ich z. B. bin Arthur Triano, und ich lebe davon, daß ich New Jerseys Gemüsehändler mit kalifornischen Orangen beliefere.«

Er wies auf den Mageren mit den riesigen Händen. »Sal Samon handelt mit Fleischkonserven, und Eugene Rosco ist Transportunternehmer.«

Der Mann, den er Rosco nannte, war ein massiger Kahlkopf zwischen vierzig und fünfzig Jahren.

»Vor acht Tagen habe Sie Claire Meola zum Austernessen eingeladen.«

»Wen?« fragte Lucini und legte eine Hand ans linke Ohr.

»Er spricht von dem Stripgirl«, sagte der magere Samon.

Lucini lächelte und zeigte seine falschen Zähne. »'ne Schönheit! Hat sie Ihnen auch gefallen?«

»Wie lange waren Sie an dem Abend mit ihr zusammen?«

»Bis sie zum zweiten Mal auftreten mußte«, antwortete Triano und strich über seinen Schnurrbart. »Keiner von uns wollte das Feld räumen, und Sal verscheuchte die Kleine mit eindeutigen Vorschlägen.«

Samon schwang den Golfschläger. »Ich schlag' dir den Schädel ein«, drohte er. »Du warst es, der gleich mit der Tür ins Haus fiel, und Jack leckte ihr immer wieder die Hand ab. Das gefiel ihr auch nicht.«

Der Gemüsehändler lachte. »Ein Mädchen, das sich zwar öffentlich auszieht, aber trotzdem nicht angefaßt werden möchte.«

»Haben Sie Claire Meola an anderen Abenden gesprochen?«

»Nur gesehen. Wir waren alle überzeugt, daß es keinen Zweck hatte, noch mehr Champagner zu investieren.«

Er legte beide Hände aufs Herz. »Das gilt auf jeden Fall für mich. Natürlich weiß ich nicht, ob einer dieser Burschen sich heimlich hingeschlichen hat.«

Die anderen stimmten nicht in sein Gelächter ein. »Warum spielst du immer den charmanten Clown?« knurrte der dicke Transportunternehmer. »Los, G-man, spucken Sie Ihre Fragen aus, und dann lassen Sie uns die Golfpartie zu Ende spielen.«

»Wann haben Sie Miß Meola zuletzt gesehen?«

»Gestern trat sie nicht auf. Der Manager sagte, sie wäre krank.«

Jack Lucinis Raubvogelvisage lief rot an. »Zum Teufel, warum belästigen Sie uns mit diesen albernen Fragen? Erkundigen Sie sich doch beim Clubmanager oder in der Hoteldirektion!«

»Okay, sprechen wir nicht mehr von Claire Meola. Wissen Sie, wer Ernest Gale ist?«

Sie sahen sich an. Lucini zuckte die Achseln und wollte den fehlgegangenen Ball zurückholen. Der Fleischkonservenhändler hielt ihn am Jackenärmel fest. »Ich bin nicht einverstanden, Jack!«

»Anscheinend kennt niemand von uns diesen Gale«, sagte Triano.

»Ich glaube, ich kann mir Fragen nach Kinner, DiBello, Mirsky, Dennis Deer usw. schenken. Natürlich wissen Sie auch nichts von einem Schnellimbißrestaurant in der 96. Straße und von Gales ›Silver-Strike‹-Club.«

»›Silver-Strike‹-Club? Daran erinnere ich mich. Hat dieses Mädchen früher nicht dort gearbeitet?«

Er wandte sich an seine Freunde. »Du, Eugene, fragtest sie, ob das Programm dort schärfer wäre als im

›Tenafly‹. Was meinen Sie, G-man? Wir alle hier sind immer auf der Suche nach einer guten Abendzerstreuung, obwohl wir herkamen, um mit Gold und Massage etwas für die Gesundheit zu tun.«

»Sie können dort Überraschungen erleben – Bombenüberraschungen. Ich denke, aus genau diesem Grunde werden Sie nicht hingehen. Sind Sie nicht alle Italiener, genauer Sizilianer?«

Sie blickten mich an. Lucini trat zwei Schritte vor.

»Wir sind Amerikaner, mein Junge. Mein Großvater erwarb die Bürgerrechte, und ähnlich ist es bei Triano und Samon. Nur Rosco ist nicht im Lande geboren. Seine Mutter brachte ihn auf dem Schiff zur Welt, das sie und achthundert arme Leute rüberbrachte. Warum nennen Sie uns Sizilianer?«

»Ich wollte Sie lediglich fragen, ob Sie jemanden mit dem Namen Sergio kennen.«

»Sergio ist kein typischer Name für einen Italiener«, erklärte Triano. »Es ist ein Vorname, der auf dem Balkan benutzt wird. Außerdem irren Sie sich, wenn Sie uns alle für Italiener halten. Samons Eltern kamen aus einer ganz anderen Ecke Europas. Wenn er dort geblieben wäre, so wäre er jetzt Russe. Stimmt das, Sal?«

Lucini hämmerte mit dem Golfschläger in den Rasen. »Ich will keine Antwort von Ihnen, G-man. Halten Sie amerikanische Staatsbürger, deren Eltern aus Italien kamen, für minderwertig? Los, sagen Sie Ihre Meinung!«

»Mr. Lucini, in den Staaten leben einige Millionen Menschen, deren Vorfahren aus Südeuropa einwanderten. Sie sind ordentliche Bürger, fleißige Arbeiter, ehrliche Leute. Aber mit ihnen kamen eine Gruppe, die die verbrecherischen Systeme ihrer Heimat auf unser Land übertrug, sie den größeren Möglichkeiten der

USA anpaßte, Verbrecher aller Rassen und Hautfarben in ihren Bann zog, beschäftigte und auch ausnutzte. Männer, die zu dieser Gruppe gehören, halte ich in der Tat für moralisch minderwertig. Sie kennen also Sergio nicht?«

Ich wartete zehn Sekunden lang und erhielt keine Antwort.

»Tut mir leid, daß ich Ihre Partie gestört habe!« Ich tippte an den Hut.

Arthur Triano, der schnurrbärtige Gemüsehändler, folgte mir und holte mich ein.

»Einen Moment, bitte, G-man«, sagte er geschmeidig. »Der Himmel mag wissen, was Sie veranlaßt hat, ausgerechnet uns aufs Korn zu nehmen. Warum ziehen Sie nicht Erkundigungen ein? Wir alle sind friedliche und nicht einmal sehr bedeutende Geschäftsleute. Lucini betreibt ein Installationsunternehmen, das ihm dreißig- oder vierzigtausend Dollar einbringt. Ich mache ein paar Scheine mehr, und Sal Samon verdient am meisten von uns. Na ja, Fleisch ist teurer als Gemüse. Wir benutzen Roscos Trucks für die Transporte. Fleisch von Chicago. Orangen aus Kalifornien. Die Geschäfte haben zur Freundschaft geführt. Wir machen ein wenig Urlaub zusammen, streiten uns beim Golf, betrügen uns beim Poker, schwitzen zusammen in der Sauna und machen uns an demselben Mädchen lächerlich. Was, zum Teufel, ist verbrecherisch daran?«

»Anders ausgedrückt: Sie und Ihre Freunde bilden geradezu eine Familie.«

»Ja, so kann man es nennen«, bestätigte er, stockte und knipste sein Lächeln aus. Er kannte die Bedeutung des Ausdrucks ›Familie‹ in der Unterwelt.

»Der FBI hält es unter bestimmten Umständen für

verbrecherisch, wenn Männer eine Familie bilden«, sagte ich. »Genügt Ihnen die Antwort?«

»Warum soll ich mir von einem übereifrigen Polizisten den Urlaub verderben lassen?« Er kniff die Augen zusammen. »Glauben Sie, was Sie wollen. Glaube zählt nur in der Kirche. In Ihrem Job brauchen Sie Beweise.«

Er ging zu seinen golfspielenden Freunden zurück. Lucini hatte den Streit gewonnen. Er durfte den gestörten Schlag wiederholen.

In der Nacht holten sich Gale-Gangster blutige Köpfe bei dem Versuch, Kinners Schnellimbißrestaurant zum zweiten Mal in Trümmern zu legen. Die Cop-Patrouille, die diesen Teil der 96. Straße überwachte, alarmierte rechtzeitig Verstärkung. Die Gangster, die vermutlich nicht gleich erkannten, daß sie es mit der Polizei zu tun hatten, eröffneten das Feuer. Es kam zu einem Schußwechsel. Zwei Polizisten wurden verwundet, ein Gangster getötet.

Am frühen Morgen fielen Schüsse in der Nähe des ›Silver-Strike‹-Clubs. Bevor die Polizei erschien, waren die Beteiligten verschwunden.

Ich erfuhr von dieser Schießerei, als ich im Morgengrauen von meinem Streifzug durch Kinners Gebiet ins Hauptquartier kam. Ich stieg in den Jaguar und fuhr zum Club. Cops patrouillierten in den Straßen. Die Gorillas um Barnie Hults und Ed Orff ließen sich nicht blicken. Der Negerportier stand auf seinem Platz. Jetzt war auch er grau vor Angst.

Die Brokatmädchen des Clubs waren bleich unter der Schminke. Die Musiker bearbeiteten geistesabwesend ihre Instrumente. Der Barmixer kippte heimlich eine eigene Mischung gegen die Angst. Sie alle wären am liebsten Hals über Kopf geflohen. Die Furcht vor Gale und sein Befehl hielten sie am Platz. Nur fünf Gäste waren im Club. Drei waren so betrunken, daß sie sich vor nichts fürchteten.

Lorraine Smith freute sich, mich zu sehen.

»Ich bin sehr entmutigt, Mr. Cotton«, gestand sie. »Als ich zu Ihnen kam und von Ihnen in eine Gangsterorganisation geschleust werden wollte, habe ich nicht daran gedacht, daß ich unmittelbar betroffen werden könnte. Ich glaubte, ich könnte aus der Nähe und trotzdem unbeteiligt beobachten. Jetzt denke ich ständig daran, daß ich etwas für die Mädchen tun muß, die Opfer dieses schrecklichen Anschlages wurden. Immer wieder überfällt mich die Vorstellung, daß ich in die Explosion hineingelaufen wäre, wenn ich nur einige Sekunden früher die Bar verlassen hätte. Haben Sie die Mädchen im Hospital gesehen?«

»Nein. Wir haben sie nicht vernommen, um sie zu schonen.«

»Sie alle waren hübsche Mädchen. Nun werden sie Narben davontragen. Die Schönheit war ihr einziges Kapital. Ich halte den Beruf eines Tanzgirls nicht für sehr erstrebenswert, aber diese Mädchen haben nichts anderes gelernt, und sie werden diesen Beruf nicht mehr ausüben können. Sie müssen etwas anderes lernen, und sie brauchen Geld, um die Zeit zu überbrükken. Sie alle besitzen keinen Cent an Ersparnissen. Was sie verdienten, floß in die Taschen der üblen Freunde, gegen die sie sich nicht wehren konnten. Ich meine, daß Ernest Gale für das Schicksal der Mädchen verantwortlich ist.«

»Er hat die Bombe nicht gelegt.«

»Er war der Arbeitgeber der Mädchen, und er hat sie diesem Risiko ausgesetzt. Also muß er auch für alle Folgen aufkommen. Ich werde von ihm verlangen, daß er alle Krankenhauskosten trägt und daß er Geld für die Ausbildung der Mädchen zur Verfügung stellt. Er ist doch sehr reich, nicht wahr?«

»Sehr reich«, bestätigte ich, »obwohl er fünfundneunzig Prozent seines Vermögens auf ungesetzliche Weise erworben hat.«

»Das wird mich nicht kümmern. Ich werde ihm die Pistole auf die Brust setzen.«

»Das versucht zur Zeit auch James Kinner, allerdings wörtlicher, als Sie es meinen.«

»Wenn er nicht die Summe zahlt, die ich für absolut notwendig halte, werde ich ihn im Namen der verletzten Mädchen verklagen. Die gesetzlichen Vorschriften geben den Mädchen jede Chance, einen Schadensersatzprozeß gegen Mr. Gale zu gewinnen.«

Ich unterdrückte ein Lächeln. Lorraine Smith wollte das Gangsterunwesen mit soziologischen Methoden untersuchen und wußte so wenig über den Charakter eines Gangsterbosses, daß sie glaubte ihn mit einem Schadensersatzprozeß besiegen zu können.

Sie legte eine Hand auf meinen Arm. »Selbstverständlich kann ich nichts unternehmen, solange ich nicht mit Mr. Gale gesprochen habe. Bitte, Mr. Cotton, wenn Sie wissen, wo er ist, so sagen Sie es mir. Die Mädchen brauchen unbedingt Hilfe.«

»Ich weiß es nicht, aber wenn ich es erfahre, werde ich es Ihnen sagen. Falls es dann zu einem Gespräch zwischen Ihnen und Gale kommt, werde ich versuchen, Ihnen zu helfen. Gale ist ein granitharter Verhandlungspartner.«

Eine knappe Stunde später, als der Betrieb im Club endgültig eingeschlafen war, brachte ich Lorraine Smith im Jaguar nach Hause.

»Sie vergessen Ihr Versprechen nicht?« sagte sie vor dem Haus, in dem sie wohnte.

»Bestimmt nicht!« Ich lachte. »Außerdem kann ich Ihnen Gales Adresse für den Fall, daß er von uns gefunden wird, schon jetzt nennen. Arrestzelle des FBI. Zellennummer erfahren Sie später.«

Am Mittag dieses Tages erschossen sich zwei Männer vor den Augen einiger hundert Passanten in einem kurzen Feuerwechsel gegenseitig auf der 7. Avenue. Wir identifizierten einen Toten als einen Mann, den wir schon einmal nach Kinners Angriff auf den ›Silver-Strike‹-Club verhaftet hatten. Selbstverständlich gehörte der andere zur Gale-Organisation. Ein Augenzeuge meldete, daß er einen Schützen kurz vor den Schüssen in einem Wagen gesehen hatte, der von einem auffallend kleinen und schmächtigen Mann gefahren worden war. Diese Aussage war der erste Hinweis darauf, daß ›The Feather‹ sich persönlich an den Überfällen gegen die Leute seines Gegners beteiligte.

Wir gaben unsere Suche nach den beiden verfeindeten Gangsterbossen nicht auf. Auch in dieser Nacht kreiste Phil durch das Gale-Revier, während ich vier Stunden bis gegen elf Uhr zwischen drei Kaschemmen der Westseite pendelte, in denen James Kinner vor zwei Tagen gewesen sein sollte.

Kurz vor Mitternacht gab ich das Warten auf und ging zum Jaguar, den ich auf einem beleuchteten und bewachten Parkplatz abgestellt hatte. An der Funksprechanlage glühte das Ruflicht als Zeichen dafür, daß das Hauptquartier mich zu sprechen wünschte. Ich meldete mich.

»Du hattest vor einer knappen Stunde den Anruf eines Mannes, der seinen Namen mit Harmon Loyd angab. Er hat eine dringende Nachricht für dich und gab eine Nummer an, unter der du ihn erreichen kannst.«

Ich notierte die Telefonnummer, ging vom Parkplatz über die Straße in einen Drugstore, ließ mir das Telefon geben und wählte die genannte Nummer. Ein Mann meldete sich. Musik und Stimmengewirr aus dem Hintergrund verrieten, daß er in irgendeiner Kneipe war.

»Fragen Sie nach Harmon Loyd!«

Er brüllte Loyds Namen in den Lärm. Eine halbe Minute später hörte ich die Stimme des Fotografen. »Sind Sie es, Cotton?«

»Genau! Sie haben eine dringende Nachricht für mich?«

»Was versteht der FBI unter dringend? Seit einer Stunde warte ich drauf, daß Sie sich melden.«

»Sie hätten Ihre Nachricht bei jedem anderen G-man loswerden können.«

»Kein Gedanke daran! Ich will mich nicht selbst aus dem Geschäft manövrieren. Wo finde ich Sie?«

Ich nannte die Adresse des Drugstores. »Ganz in der Nähe«, sagte er zufrieden. »Ich rechnete damit, daß Sie in Kinners Revier herumschnüffelten, und suchte mir einen Warteplatz im Zentrum. In zehn Minuten bin ich bei Ihnen.«

Als er kam, trug er den blauen Trenchcoat, in dem ich ihn an jenem Abend gesehen hatte, als der Taxifahrer mir Lena Plates Adresse gebracht hatte.

»Hallo, G-man!« rief er gutgelaunt. »Ich komme, um ein Versprechen einzulösen. Ich sagte Ihnen, ich würde Kinner für Sie finden. Okay, ich kenne sein Versteck.«

»Wo also?«

»Langsam, G-man! 'ne einfache Ablieferung hätte ich auch telefonisch in eurem Hauptquartier vornehmen können. Ich werde Sie hinbringen.«

»Finde ich den Weg nicht allein?«

»Unsinn! Selbstverständlich können Sie ›The Feather‹ auch ohne mich kassieren, aber ich will danebenstehen und auf den Auslöser drücken. Ich schoß das erste Foto dieses Krieges, als Carlo DiBello umgelegt wurde, aber ich verpaßte alle anderen Gelegenheiten. Jetzt will ich das letzte Foto exklusiv den Zeitungen verkaufen können: das Foto von James Kinners Verhaftung.«

»Wie haben Sie den Unterschlupf entdeckt?«

»Sie waren selbst nahe genug an der Quelle, G-man, aber ich tauchte gründlicher rein.« Er grinste. »Das können Sie fast wörtlich nehmen. Dabei sind so superüppige Mädchen im Grunde nicht meine Kragenweite.«

»Lena Plate?«

»Kinners Freundin. Sie hätten mit ihr schlafen sollen, G-man! Vielleicht hätten Sie ihr dann auch das süße Geheimnis von Kinners Versteck entlocken können.«

»Kannte sie es?«

»Nein, aber als sie mich heute nacht nicht in ihre Arme schließen wollte, wußte ich, daß sie anderen Besuch erwartete. Also wartete auch ich. Zwar kam Kinner nicht. Lena verließ allein ihr Apartment. Ich hängte mich an. Jetzt weiß ich, wo ›The Feather‹ haust.«

»Okay, gehen wir!«

»Wir müssen fahren. Kinner hat sich weit außerhalb seines Gebietes angesiedelt.«

»Mein Wagen steht auf der anderen Straßenseite.«

»Nehmen Sie nicht Ihren Schlitten, G-man! Kinner hat bestimmt ein paar Sicherungen eingebaut. Ihr

Wagen würde Alarm auslösen. Benutzen Sie meinen Chevrolet. Er sieht wirklich unauffällig aus. Ich stelle ihn dem FBI kostenlos zur Verfügung und verzichte auf Erstattung der Benzinkosten.«

Ich suchte seinen Blick. Er schlug die Augen nicht nieder, sondern lächelte. »Immer noch mißtrauisch? Angst vor 'ner Falle?«

Er hob leicht die Arme an. »Tasten Sie mich ab! Ich habe die Kanone zu Hause gelassen.«

»Ich möchte noch einen G-man mitnehmen.«

»Meinetwegen eine Kompanie, wenn Sie die Jungen unauffällig genug heranbringen können.«

»Phil genügt.«

Über die Funksprechanlage und mit Zwischenschaltung des Hauptquartiers erreichte ich Phil, der einen Wagen mit Autotelefon benutzte.

»Welche Richtung müssen wir fahren?« fragte ich Loyd.

»Norden!«

Ich schlug Phil einen Treffpunkt vor, der für beide günstig lag. »In zwanzig Minuten!«

Loyds weißer, angebeulter und ungewaschener Chevrolet stand am Straßenrand. Auf dem Rücksitz lag eine zweite Garnitur Fotoausrüstung mit Kamera und Elektronenblitzgerät.

Er fuhr schnell und hielt sich gerade noch in den vorgeschriebenen Geschwindigkeitsgrenzen.

Während der Fahrt erzählte er Einzelheiten über Lena Plates erotische Gewohnheiten. »Ich denke, es machte ihr Spaß, einen ausgewachsenen Mann im Arm zu halten«, sagte er. »Bei Kinner mußte sie vermutlich immer Muttergefühle unterdrücken.«

»Wie haben Sie ihre Adresse gefunden?«

»Durch den Taxifahrer.«

»Ich schickte Sie fort, bevor ich mit ihm sprach und Sie sind uns nicht gefolgt.«

»Als ich die Kneipe auf Ihre Anordnung hin verließ, G-man, stand sein Taxi vor der Tür. Ich merkte mir die Nummer. Eine Stunde später sprach ich mit ihm. Er konnte einem Zehndollarschein nicht widerstehen.«

Wir erreichten den verabredeten Treffpunkt. Phil wartete neben seinem Wagen. Er stieg zu.

»Hallo, G-man«, sagte Loyd. »Setzen Sie sich nicht auf meine Kamera.«

Phil legte eine Hand auf meine Schulter. »Glaubst du, daß er wirklich etwas herausgefunden hat?«

»Auf jeden Fall hat er sich mit allen Kräften eingesetzt«, antwortete ich.

Loyd grinste. »Und zwar an einer Stelle, an der Sie gekniffen haben, G-man.«

»Es wird Zeit, daß Sie mit der Sprache herausrücken, Loyd. Wo liegt Kinners Versteck?«

»Jenseits der Stadtgrenze: in Yonkers.«

»Genauer!«

Hartnäckig schüttelte Loyd den Kopf. »Besser nicht, G-man! Wie ich Sie und Ihren Freund einschätze, beschlagnahmen Sie meinen Wagen und schalten mich mit der Begründung aus, als Zivilperson dürfte ich nicht gefährdet werden.«

Als wir die Stadtgrenze passiert hatten, steuerte Loyd den Chevy auf dem Saw-Hill-Drive weiter nach Norden. Er verminderte die Geschwindigkeit. Schließlich stoppte er unmittelbar vor einem Schild mit der Aufschrift: »Ausfahrt verboten für den allgemeinen Verkehr. Zugelassen nur für Baufahrzeuge.«

»Von hier noch knapp drei Meilen. Es scheint sich um ein ehemaliges Farmgelände zu handeln. Die Anlage besteht aus einem Haupthaus, das Kinner in

Ordnung gebracht haben dürfte, und ein paar Nebenhäusern, die ziemlich verfallen zu sein scheinen, soweit ich das in der Dunkelheit und Eile feststellen konnte. Möglich, daß es noch eine andere Straße zu der Farm gibt. Lena Plate nahm diesen Weg, und ich benutzte ihn auch auf der Rückfahrt. Die Straße endet bei einer Kiesgrube, für die die Abfahrt offenbar eingerichtet wurde. Ich weiß nicht, ob die Bagger tagsüber laufen. Heute nacht war dort kein Licht zu sehen. Bis zu der Grube können wir fahren, von dort aus sind es bis zur Farm noch rund vierhundert Yards, die wir besser zu Fuß gehen.«

»Einverstanden.«

Er ließ den Chevrolet wieder anrollen. Die Straße führte vom Hill-Drive weg in unbebautes Gelände, war aber asphaltiert.

Nach kurzer Fahrt zeichneten sich die Stahlgerüste der Schöpfbagger gegen den Nachthimmel ab. Loyd schaltete die Scheinwerfer aus und ließ den Wagen in der Dunkelheit ausrollen. Als er die Tür zum Aussteigen öffnete, schaltete sich die Innenbeleuchtung ein. »Wollen Sie mich in die Mitte nehmen?« fragte er. »Vielleicht fürchten Sie, daß ich mit einem Sprung in die Dunkelheit verschwinden und Sie Ihrem schrecklichen Schicksal überlassen könnte.«

»Zuviel Reden kann ebenso ein Zeichen von Angst sein wie Schweigen«, antwortete ich. »Zeigen Sie uns den Weg!«

»In Ordnung!« Er schloß die Wagentür. Phil berührte seinen Arm.

»Sie vergessen Ihre Kamera. Kamen Sie nicht mit, um sensationelle Fotos zu schießen?«

Loyd schlug sich an die Stirn. »Oh, verdammt! Anscheinend doch ein paar Schwierigkeiten mit den

Nerven.« Er holte Kamera und Blitzgerät aus dem Auto und hängte sich beides um.

Von der Kiesgrube aus stieg die Straße leicht an. Sie war unbefestigt und voller Schlaglöcher. Loyd blieb nach zweihundert Yards stehen. »Sehen Sie das Licht!«

Zwei erleuchtete Fenster zeichneten gelbe Lichtrechtecke in die Nacht. Wir gingen weiter. Die Umrisse von Gebäuden hoben sich gegen den Himmel ab. Loyd hatte die Anlage richtig beschrieben. Das große Farmhaus, in dem die beiden Fenster erleuchtet waren, lag an der Stirnseite eines großen Hofes. Das Dach war gedeckt, und die Mauern schienen neu geweißt zu sein. Bei zwei anderen Bauten, die links und rechts davon im Winkel von neunzig Grad standen, ragten die nackten Dachsparren in den Himmel. Der Hof zwischen den Gebäuden war gepflastert. Loyd hielt sich dicht an der linken Seite. Plötzlich blieb er stehen und ließ sich aufs Knie sinken. Ich ging neben ihm in die Hocke. Er kam mir so nahe, daß ich sein Rasierwasser riechen konnte. »Ein Mann«, hauchte er.

Ich sah zuerst die Glut der Zigarette. Dann hörte ich seine Schritte. Er schlenderte nachlässig über den Hof. Als er nahe genug herangekommen war, sahen wir die Umrisse seiner Gestalt.

Ich bedeutete Loyd, sich nicht zu bewegen. Er nickte. Ich brachte die Lippen an Phils Ohr. »Macht ein Geräusch, das ihn ablenkt, sobald ich nahe genug bin«, hauchte ich. Tief geduckt und völlig lautlos schlug ich einen Bogen. Der Mann schnippte seinen Zigarettenstummel in die Dunkelheit, griff sofort nach einer neuen Zigarette und ließ das Feuerzeug aufflammen. Phil erkannte, daß diese Sekunden günstig waren. Er scharrte leise mit den Füßen. Der Mann löschte das Feuerzeug.

Seine Gestalt straffte sich. »Irgendwer da?« fragte er laut.

Ich zog den 38er, schnellte auf den Mann zu, warf einen Arm um seine Schulter, preßte die Hand auf seinen Mund und drückte den Lauf des 38ers in seinen Rücken. Sein Körper bäumte sich auf. »Keinen Laut!« zischte ich. »FBI!«

Wie aus dem Boden gewachsen tauchte Phil vor ihm auf und fischte mit lautloser und geschmeidiger Bewegung eine Kanone aus der Schulterhalfter unseres Gefangenen.

Auch Loyd kam. »Haben Sie ihn?« flüsterte er.

»Halten Sie den Mund!«

»Darf ich fotografieren?«

»Sind Sie übergeschnappt? Ihr Blitzlicht würde ein ganzes Feuerwerk auslösen.«

Ich drückte den Mann in die Knie und beugte mich zu ihm hinunter.

»Antworte leise!« flüsterte ich. »Wieviel Männer seid ihr?«

»Neun!«

»Alle im Haupthaus?«

»Nur zwei!«

»Und die anderen?«

»In dem Bau rechts.«

»Wo ist Kinner?«

»In der Farm, falls er inzwischen zurückgekommen ist.«

»Wann fuhr er weg?«

»Ungefähr um sieben Uhr.«

»Warum weißt du nicht, ob er inzwischen zurückkam?«

»Er kommt immer von der anderen Seite. Meistens fährt er den Wagen in den Hof, aber er hat ihn auch schon auf der Straßenseite des Hauses stehenlassen.«

»Ist Kinners Freundin hier?«

Ich spürte, daß er nickte. »›Feather‹ war schon weg, als sie kam.«

»Ist die Eingangstür zum Farmhaus abgeschlossen?«

Wieder nickte er. »Irgendein Klopf- oder Klingelzeichen vereinbart?«

»Nein, Harry fragt, wer draußen ist.«

»Dein Name!«

»Charles Welry.«

»Okay, wenn Harry fragt, wirst du antworten. Ich bin's, Charles. Wenn du nicht mitspielst, gibt's 'ne Schießerei, bei der du in der vordersten Reihe stehst. – Phil, sobald die Tür geöffnet wird, übernimmst du diesen Knaben, während ich mich um den Mann im Haus kümmere.«

Ich schob den 38er in die Halfter zurück, faßte den Arm des Gangsters mit einem Griff, der es ermöglichte, mit einem Ruck sein Handgelenk zu brechen, der aber aus der Entfernung aussah, als hielte ich ihn freundschaftlich am Ärmel. Nebeneinander gingen wir auf das Farmhaus zu. Phil und Loyd blieben einige Schritte zurück. Wir vermieden das Licht, das aus den beiden Fenstern fiel. Vor der Tür wartete ich, bis Phil und der Fotograf neben uns waren. Phil preßte sich mit dem Rücken gegen die Mauer rechts der Tür. Ich stand links von dem Gangster. Loyd hielt einigen Abstand.

»Jetzt!« befahl ich. Der Gangster schluckte, hob die Hand und klopfte hart gegen die Tür.

Es schien Minuten zu dauern, bis ich Schritte hinter der Tür hörte; dann eine Stimme: »Wer ist da?«

»Ich bin's, Charly! Mach auf, Harry!«

»Was ist denn los?« fragte der andere. Gleichzeitig klirrte ein Schlüsselbund.

Ich stieß unseren Gefangenen Phil in die Arme und baute mich vor der Tür auf.

Sie wurde geöffnet. In der Diele dahinter brannte Licht. Der Mann, der im Türrahmen auftauchte, trug keine Jacke. Über sein Hemd hatte er eine Halfter geschnallt.

»Charly, du ahnst nicht, was Rog . . .« sagte er, und was er sagen wollte, schien ihn zu belustigen, denn er grinste breit. In dieses Grinsen schlug meine Faust ein und Harry konnte uns nicht mehr mitteilen, was ihn so amüsierte. Er verdrehte die Augen, ließ den Unterkiefer fallen und schickte sich an zusammenzubrechen. Ich fing den schweren Körper auf und ließ ihn nahezu lautlos zu Boden gleiten. Phil drängte den anderen Gangster in die Diele; Harmon Loyd folgte ihm auf dem Fuß. Er riß die Kamera hoch. Bevor ich es verhindern konnte, blitzte er den niedergeschlagenen Mann.

Ich drückte seinen Arm nach unten. »Verrückt geworden!« zischte ich.

»Dazu bin ich mitgekommen!« fauchte er zurück. Mit dem Fuß stieß er Harry an. »Nicht tot?«

Ich antwortete nicht. »Halte die Typen hier in Schach! Auch ihn!« bat ich Phil und wies mit dem Daumen auf den Fotografen.

Der Raum hinter der Diele war ein großes rechteckiges Zimmer, das mit einer Klubgarnitur, niedrigen Tischen, Barschrank und Fernsehapparat als Wohnraum eingerichtet war. Die Fenster blickten in den Hof. Eine Tür stellte die Verbindung zum anstoßenden Zimmer her. Vorsichtig drückte ich sie auf. Auch hier brannte Licht. Ein Schreibtisch, ein Regal mit Aktenordnern und ein Gewehrschrank deuteten darauf hin, daß hier James Kinner sein Hauptquartier aufgeschlagen hatte.

Auf dem dicken Teppich ging ich lautlos bis zum Schreibtisch.

Ein Geräusch ließ mich herumfahren. Vorsichtig zog ich den 38er. Das Geräusch wiederholte sich. Stöhnen einer Frau, Krachen eines Möbels und ein tiefes Knurren – daraus setzte es sich zusammen. Zwischen dem Aktenregal und dem Gewehrschrank verdeckte ein blauer Vorhang nur halb eine Öffnung. Der Raum war dunkel.

Ich griff durch den Vorhang, tastete die Innenwand nach einem Lichtschalter ab und fand ihn. Die Frau sog hörbar die Luft durch die Zähne; dann lachte sie leise; ihr Gelächter klang wie eine Kette kleiner, spitzer Schreie.

Ich drückte den Kipphebel des Schalters nach unten. Das Licht eines fünfarmigen Leuchters an der Decke flammte auf; und jetzt schrie die Frau, Lena Plate, laut, entsetzt, gellend.

Der Mann fuhr fluchend hoch.

»Keine Dummheiten!« warnte ich. Er starrte die Mündung des 38ers an, als würde er von der kleinen schwarzen Öffnung hypnotisiert.

Harmon Loyd stürzte so hastig in den Raum, daß er mich anrempelte. Zu einer Entschuldigung nahm er sich nicht die Zeit.

»Großartig«, jubelte er. »Ein Erinnerungsfoto für Kinner!« Er riß die Kamera hoch. Das Blitzlicht flakkerte. Lena Plate, die ihr Schreien abgestellt hatte, stellte es wieder an und zerrte ihren Rock nach unten.

Ich trat vor den fotografierwütigen Loyd und verschaffte ihr eine Atempause, in der sie auch ihre Bluse schließen konnte. Der Mann kniete noch immer hemdsärmelig auf dem Bett und bewegte sich nicht. Ich kannte ihn. Er hieß Rog Cant, und er war bei Kinners

Angriff auf den ›Silver-Strike‹-Club einer der Unterführer gewesen.

Loyd blitzte wie besessen über meine Schulter hinweg. »Hören Sie auf damit!« schnauzte ich ihn an.

Er krümmte sich vor Lachen. »Mann, Cotton! Haben Sie keinen Sinn für Humor? ›Feather‹ will ein wenig Spaß in seiner Einsamkeit haben, bestellt seine Freundin, und sie rollt sich mit einem seiner Gorillas in seinem Bett herum.«

Lena Plate begann zu begreifen, was sich ereignet hatte. Sie sprang auf. Sie bebte vor Zorn, besonders in einer bestimmten Körperregion. Wahrscheinlich hatte sie in der Eile einige Haken und Ösen nicht richtig geschlossen.

»Du verdammter Bastard!« schrie sie Loyd an. »Du hast die Schnüffler hergebracht. Oh, ich Idiotin, ich bin auf dein Gesäusel reingefallen. Du dreckiger . . .« Sie schleuderte ihm Schimpfworte an den Kopf, die aus den tiefsten Schichten des Bowery-Slangs stammten. Loyd wurde von einem neuen Lachanfall geschüttelt.

Rog Cant entschloß sich endlich, vom Bett zu klettern. Er war ein drahtiger, schwarzhaariger Fünfunddreißiger. Um seine Kanone brauchte ich mich nicht zu sorgen. Sie hing in der Halfter über der Lehne eines Stuhles. Er gewann wieder Überblick über die Situation. Die Überraschung verwandelte sich wie bei dem Mädchen in Zorn. »Verdammt, was habt ihr hier zu suchen?« fauchte er. »Soviel ich weiß, existiert für keinen von uns ein Haftbefehl!«

Er blickte über die Schulter. »Sag dem Bastard, er soll sein Gelächter stoppen, oder ich stoppe es!« Er hob die geballte Faust. Loyd grinste, hörte aber auf zu lachen. Lena Plate ging vom Schimpfen zum Schluchzen über und ließ sich auf das Bett fallen.

»Dreh deine Lautstärke zu!« warnte ich den Kinner-Gangster. »Wo ist ›The Feather‹?«

»Keine Ahnung! Er verließ die Farm gegen sieben Uhr!« Rog Cant machte eine Kopfbewegung zur heulenden Lena. »Wir dachten, er wollte seine Schnalle abholen, aber dann kam sie allein. Kinner ist bis jetzt noch nicht wieder aufgetaucht.«

»Du hast ihn hoffentlich erstklassig vertreten«, höhnte Loyd.

Cant wollte sich auf ihn stürzen. Ich hielt ihn mit einem Anheben des 38ers zurück. Lena Plate hob den Kopf und schien Loyd anfallen zu wollen. Dann entschloß sie sich, ihr Heulen zu verdoppeln.

»Raus mit Ihnen, Loyd!« befahl ich. »Gehen Sie zu Decker, und sagen Sie ihm, daß hier alles in Ordnung ist.«

»Gerne! Die Story hier erzähle ich ihm mit Vergnügen.«

»Lena! Warum hat Kinner Sie nicht abgeholt?«

Das Schluchzen machte ihre Antwort fast unverständlich. ». . . rief an . . . sagte, ich sollte herfahren . . . beschrieb den Weg!«

»Sagte er, er würde Sie hier treffen?«

Sie nickte und zog eine Menge Feuchtigkeit durch die Nase hoch.

»Vielleicht würde er spät kommen, sagte er . . . erst im Morgengrauen. Ich sollte warten.«

Sie hatte sich die Wartezeit auf ihre Weise vertrieben. Weil Kinner angedeutet hatte, er würde vermutlich erst am Morgen kommen, hatte sie sich sicher gefühlt.

Ich überlegte, ob ich ›The Feather‹ im Haus abfangen sollte, oder ob es besser war, das ganze Gebiet abzusperren und eine größere Falle für den Gang-Boß zu bauen. Nach den Angaben des ersten Gangsters mußten sich noch sechs Männer im Nebengebäude befinden. Bis jetzt hatten sie auf Lenas Geschrei nicht reagiert, aber es blieb fraglich, ob sie ohne Widerstand die Arme hochnehmen würden, wenn sie erkannten, daß sie es nur mit zwei Gegnern zu tun hatten.

Eine ratternde MPi-Garbe, die die Fenster zerblies, enthob mich der Entscheidung.

Ich ließ mich gegen die Wand fallen und hieb die Faust auf den Lichtschalter. »Runter!« brüllte ich und stieß gleichzeitig mit dem Fuß gegen den Stuhl, über dessen Lehne Cants Kanone hing. Ich wollte nicht, daß er sich das Schießeisen holte. Mit dem nächsten Satz sprang ich auf das Bett und rollte Lena Plate herunter. Sie klammerte sich an mich. »Hilfe, G-man, Hilfe!« Ich befreite mich aus ihren Armen, schlug einen halben Salto rückwärts über die Breite des Bettes hinweg und huschte geduckt zum Fenster.

Dieses Fenster blickte zur Vorderfront. Ich unterschied den hellen Betonstreifen einer schmalen Straße und vier oder fünf Bäume in zwanzig Yards Abstand jenseits der Straße.

Hinter mir rief Phil: »Jerry?!«

»Hier!« rief ich halblaut zurück. Der Ruf genügte, er löste eine neue Serie aus. Ich ließ mich fallen. Die Kugeln klatschten in den Fensterrahmen, schrammten an der Mauer entlang. Zwei, drei Querschläger jaulten davon.

Vom Hof her erschollen Männerstimmen. Pistolenschüsse krachten. Wieder hämmerte die Maschinenpistole. Dieses Mal streute der Schütze die Hausecke ab. Ein Mann schrie auf.

Allem Anschein nach kamen die Angreifer von der

Straßenseite. Kinners Leute, durch die MP-Garben aufgeschreckt, mußten aus dem Seitenhaus gestürzt sein, aber ihre Gegner zwangen sie mit der Kugelspritze in Deckung.

»Los jetzt, Jungs!« rief ein Mann.

Ich erkannte die tiefe, rauhe Stimme Nelson Giordanos. Drei Männer tauchten aus der Deckung der Bäume auf. Sie rannten auf das Haus zu. Sie liefen schwerfällig, denn sie schleppten irgendwelche schweren Gegenstände.

»Hier ist der FBI!« brüllte ich. »FBI-Agent Jerry Cotton! Stoppt eure Aktion!«

Sie blieben stehen wie Roboter, denen der Strom abgeschaltet worden ist. Einige Sekunden lang blieb es still. Dann brüllte Giordano: »Ein Bluff! Weiter, Jungs!«

Die Roboter setzten sich in Bewegung. Ich feuerte in die Luft. Die Maschinenpistolen ratterten erneut los. Ich mußte runter. In der Dunkelheit berührte mich eine Hand. »Ich bin's G-man«, sagte Loyd. »Wenn Sie mir eine Kanone geben, kann ich mitmischen.«

»Schießen Sie mit der Kamera!«

Ich tauchte aus der Deckung hoch. Die drei Männer waren auf dem Rückweg. Ich hätte mindestens zwei treffen können, denn ich sah sie deutlich genug, aber ich wollte sie nicht töten. Ich hielt auf ihre Beine, und dazu war die Sicht nun wieder nicht gut genug. Ich verfehlte sie, und sie verschwanden hinter den Bäumen. Dort glühte für Sekundenbruchteile ein roter Punkt auf. Fauchend und einen Funkenregen nach sich ziehend zischte eine Rakete auf das Farmhaus zu. Es war nur eine Signalrakete, abgefeuert aus einer Spezialpistole. Sie schlug gegen die Hauswand, zerbarst zu einer gelbroten Sonne aus Magnesiumlicht. Einen Augenblick später bebte das Haus unter einer krachenden Explosion. Flammen schossen auf der ganzen Front des Baus hoch. Der Druck sprengte die Fenster auf. Ich wurde in den Raum geschleudert, fiel gegen das Bett, verlor aber nicht die Übersicht.

Die drei Männer hatten Benzinkanister bis zur Hauswand geschleppt, und die Signalrakete hatte als Zünder gedient.

Wie immer bei Benzinbränden sanken auch hier die Flammen nach der ersten Explosion zusammen.

»Das genügt!« hörte ich Giordano rufen. »Zu den Wagen, Jungs!«

Gewehrgeknatter übertönte seine Worte. Ein Mann schrie. Pistolen bellten. Die Maschinenpistole hämmerte noch eine kurze Serie heraus. Offenbar hatten die Kinner-Gangster sich von der Überraschung erholt und mischten wieder mit.

Irgendwo draußen hallte Phils Stimme: »Stellt das Feuer ein! FBI! FBI!«

Die Flammen fanden Nahrung an der Holzverschalung des Hauses. Sie züngelten empor.

Ich rannte los, sprang durch die glas- und rahmenlose Fensteröffnung, spürte für einen Atemzug die Hitze der Flammen und fiel jenseits der Feuerwand auf den Asphalt.

Es knallte aus mehreren Ecken gleichzeitig. Ich spurtete hakenschlagend auf die Gruppe der Bäume zu. Als ich in ihre Dunkelheit tauchte, stolperte ich über einen Mann, der sich nicht mehr rührte. Ich lief nach rechts, parallel zur Straße. Ich hoffte, ich würde sie einholen können, bevor sie ihre Wagen erreichten.

Das Schießen flaute ab. Ich hörte das Aufheulen eines Wagenmotors. Ich verdoppelte mein Tempo und versuchte, den Wagen zu sehen, aber ich sah ihn erst, als sie kurz die Scheinwerfer aufblitzen ließen und dabei auch die Rücklichter aufleuchteten. Der Größe nach mußte es irgendein Lieferwagen sein.

Sie ließen ihn langsam rollen, weil sie in einen Feldweg einbiegen wollten. Jetzt lenkten sie ihn in fast rechtem Winkel von der Straße. Der Wagen schaukelte stark. Die Scheinwerfer wurden gelöscht, aber da ich wußte, wo er war, konnte ich die Umrisse erkennen.

Ich sprang von der Straße und versuchte, den Gangstern im spitzen Winkel den Weg abzuschneiden. In langen Sätzen preschte ich über eine Art Wiese. Immer noch kroch das Fahrzeug im Schrittempo. Der Feldweg mußte miserabel sein, und der Mann am Steuer wagte nicht, die Scheinwerfer noch einmal einzuschalten. Trotzdem erkannte ich, daß ich nicht vor dem Wagen den Weg kreuzen würde.

Die Möglichkeit, die Gangster mit Sicherheit zu stoppen, wurde damit fraglich.

In ungefähr zwanzig Yards Abstand rollte der Wagen vorbei. Sein Laderaum schien nur von einer Segeltuchplane überdeckt zu sein, denn ich sah das Flattern der losen Enden.

Ich erkannte, die neue Chance. Ich schob den 38er in die Halfter und hetzte in langen Sätzen dem Fahrzeug, das immer noch im Schrittempo fuhr, nach. Auch ich hatte höllische Schwierigkeiten mit den Schlaglöchern. Jeder Satz drohte zu einem Sturz zu werden, wenn ich ihn falsch in den Knien abfederte.

Näher und näher kam ich dem Heck des Lasters. Die hintere Ladeklappe befand sich ungefähr in Brusthöhe. Als ich fast heran war, wurde der Wagen schneller. Ich machte eine letzte, gewaltige Anstrengung, warf die Arme vor und packte mit beiden Händen den Rand der Ladeklappe. Ich zog die Knie an und klammerte mich fest.

Das schlechteste Stück des Feldweges schien überwunden; denn der Fahrer gab mehr Gas.

Ich zog mich hoch. Wenn ein Gangster sich auf der Ladeplattform aufhielt, konnte er mir den Schädel einschlagen, falls ich mich nicht rechtzeitig fallen ließ. Ich brachte den Oberkörper über den Ladeklappenrand. Nichts geschah, und ich riskierte es, mich über den Rand der Klappe zu wälzen. Ich war so ausgepumpt, daß ich gerade noch die Hand an den Griff des 38ers legen konnte.

»He, was war das?« sagte eine Männerstimme laut, um das Motorengeräusch zu übertönen.

»Noch ein Schlagloch?« Diese Stimme gehörte Giordano.

Ich bemühte mich, lautlos zu atmen.

»Wie lang ist dieser Scheißweg noch?« Ich erkannte Barnie Hults Stimme.

»Halbe Meile, denke ich!« antwortete Giordano. »Ed, du kannst den Scheinwerfer einschalten. Ich denke, wir sind aus der Gefahrenzone.«

Im Widerschein der Scheinwerfer sah ich die viereckige Öffnung in der Wand des Fahrerhauses. In der Öffnung zeichnete sich Barnie Hults' runder Schädel mit dem kurzgeschorenen Haar ab. Orff steuerte offenbar den Wagen. Giordano schien rechts von der Öffnung an der Tür zu sitzen.

»Wie kommen die Jungs weg?« fragte Hults.

»Mit ihren Autos. Wir können niemanden brauchen, der sich an uns anhängt.«

»Waren die G-men nun in dem Bau, oder war's ein Bluff?« erkundigte sich Orff in seiner langsamen, schwerfälligen Sprechweise.

»Hast du die Stimme nicht erkannt? Du bist doch schon einmal mit Cotton zusammengestoßen.«

»Ich denke, er war's.«

»Das denke ich auch, und ich bin neugierig, was Gale dazu sagt.«

»Woher hatte der Boß den Tip?«

»Irgendein Kinner-Mann hat die Seite gewechselt, nehme ich an. Er beschrieb Ernest telefonisch, wo er ›The Feather‹ ausräuchern konnte. Ihr habt das Signal selbst gesehen.«

»Verdammt, und woher kamen die G-men?«

»Vielleicht ein Zufall, daß sie Kinners Versteck heute nacht fanden.«

Der Wagen erreichte eine asphaltierte Straße.

»Endlich!« sagte Barnie Hults. »Ich kann das Schaukeln nicht vertragen. Macht mich seekrank.«

»Da, der Lichtschein, Nelson!« meldete sich Orff. »Ist das Kinners Bude?«

»Der Richtung nach muß sie es sein. Hat jetzt endgültig Feuer gefangen.«

»Meinst du, daß Kinner aufgeben wird?«

»Nach dieser Aktion werden seine Leute wie die Hühner davonlaufen. Er muß aufgeben.«

»Höchste Zeit!« knurrte Orff. »Ich würde mich von Gale nicht noch einmal ins Feuer schicken lassen, und die anderen Jungs haben auch keine Lust mehr. Wir mußten uns auf ihre Zehen stellen, damit sie überhaupt noch einmal mitmachten. Einer wurde erwischt. Hoffentlich hält er die Schnauze, falls er nicht schon hinüber ist!«

»Wenn irgendwer den Rand aufreißt, wird er von uns auf die große Reise geschickt. Das weiß jeder.«

»Wir alle haben bei dieser Knallerei nichts verdient«, antwortete Hults und gähnte. »Nicht einmal Carlos Freundin ist für mich abgefallen, und ich war immer höllisch scharf auf die Katze.«

Ich erholte mich. Mein Atem ging ruhiger. Vorsichtig schob ich mich näher an die Rückwand des Fahrerhauses heran, bis ich in der Ecke und damit im toten Winkel saß. Ich unternahm keinen Versuch, die Gangster zum Halten zu zwingen. Giordano, Hults und Orff schienen zu wissen, wo Gale sich aufhielt, sie waren auf dem Weg zu ihm. Okay, wir waren ausgezogen, Kinner zu fassen; mit Gale würden wir ebenso zufrieden sein.

Orff steuerte den Lieferwagen ungefähr den Weg, den wir genommen hatten, bog aber nach Westen ab, und fuhr über die Washington-Bridge auf die andere Seite des Hudson. Ich fragte mich, ob sie nach Tenafly fahren würden, aber sie schlugen die Richtung nach Norden ein, passierten Englewood und verließen die Hauptstraße. Ich spähte durch einen Spalt der Plane. Der Laster rollte durch ein Villenviertel, verminderte die Geschwindigkeit und glitt durch ein offenes Tor in eine große Gartenanlage. Sekunden später wurde er vor der Front eines weitläufigen Bungalows gestoppt. Orff löschte die Scheinwerfer. Er, Giordano und Hults stiegen aus. Ich schob den Sicherungshebel zurück. Sie kamen nicht zur Ladeklappe, sondern gingen zum Haus.

Ich kroch lautlos zur Ladeklappe, schwang mich hinüber und glitt zu Boden. Vom Eingang des Bungalows her hörte ich Giordano sagen: »He, die Tür steht offen! Gale sagte, er würde hier auf uns warten.«

»Licht brennt!« meldete Hults.

Auch vor dem Eingang brannte eine Lampe. Eng an den Wagen gepreßt sah ich, wie die Gangster das Haus betraten. Drei Sprünge brachten mich an die Mauer. Giordano hatte die Tür hinter sich nicht geschlossen. Mühelos gelangte ich ins Haus.

Wenn dieser Bungalow Gale gehörte, so hatte der

dicke Ernie seinen Bau mit Kostbarkeiten vollgestopft. Schon in der Diele lag ein riesiger persischer Teppich. Die Wände waren mit teurem Holz verkleidet. Über der Tür zur Halle hing ein Gemälde. Es zeigte Ernest Gale selbst, fast in Lebensgröße. Der Maler hatte ihm das Aussehen eines Wirtschaftskapitäns oder eines Feldherrn in Zivil gegeben. Sehr vorsichtig schob ich mich durch die halboffene Tür in die Halle, in der kein Licht brannte. Auf der gegenüberliegenden Seite stand eine große Flügeltür weit auf. Aus dem Raum dahinter drang Giordanos Stimme. »Verdammt, wenn er nicht hier ist, wo kann er dann sein?«

»Im Club?« schlug Hults vor.

Die Teppiche auf dem Boden der Halle verschluckten jedes Geräusch. Ich erreichte die andere Seite.

Giordano, Hults und Orff standen um einen Schreibtisch. Giordano hielt den Hörer eines Telefons am Ohr, wählte, drückte dann aber die Gabel nieder. »Sieh erst in den anderen Zimmern nach, Ed!« befahl er.

Orff kam zur Tür, und damit zwang er mich zum Handeln. Ich blieb im Dunkel. »FBI!« sagte ich laut. »Nehmt die Hände hoch und macht keine Bewegung ohne Befehl. Ich schieße sofort!«

Sie erstarrten. Giordano ließ den Hörer fallen, der hart auf die Schreibtischplatte schlug.

»G-man?« fragte er heiser.

»Hände hoch! Bei drei schieße ich. Eins, zwei . . .« Hults reckte als erster die Arme hoch. Orff folgte seinem Beispiel. Giordano reagierte erst, als ich »drei« sagte.

»Sehr schön! Jetzt zieht euch aus, aber einzeln und der Reihe nach! Hults, zieh die Jacke aus, aber mit langsamen und deutlichen Bewegungen.«

Er gehorchte. Als die Jacke fiel, sah ich die Schulterhalfter und den Griff seiner Kanone.

»Runter mit der Halfter! Hände weg vom Kanonengriff!«

Zwanzig Sekunden später fielen Halfter und Waffe vor seinen Füßen auf den Boden.

»Jetzt Orff!«

Auch er mußte erst die Jacke abstreifen, damit Halfter und Waffe freilagen.

»Giordano!«

Ich konnte sein Zähneknirschen hören. Er nahm die Arme nicht herunter. »Ich bin allein und gehe kein Risiko ein. Also zählen wir wieder. Eins . . .«

Dieses Mal wartete er nicht bis zur Drei. Wie die anderen schälte er sich aus der Jacke und schüttelte Halfter und Waffe von der Schulter.

Ich ging in den Raum. Mit dem Fuß schob ich die Schießeisen aus der Reichweite der Gangster.

»Ist das Gales Bungalow?« fragte ich.

Nur Hults nickte, die anderen beiden schwiegen. Orff starrte stumpf geradeaus. In Giordanos Gesicht zuckten Muskeln bei seiner krampfhaften Anstrengung, ruhig zu bleiben.

»Gale ist nicht hier?«

Ich erhielt keine Antwort, auch kein Nicken von Hults. Langsam ging ich bis zum Schreibtisch. In einem großen Kristallaschenbecher lag eine Zigarre, deren Asche kaum auseinandergefallen war. Diese Zigarre war nicht geraucht worden, sondern sie war, gerade angezündet, unangerührt im Aschenbecher verqualmt. Der Mann, der sie rauchen wollte, mußte so eilig das Zimmer verlassen haben, daß er sich nicht die Zeit nahm, die Glut der Zigarre zu löschen.

Ich berührte die Asche. Sie schien noch einen Hauch von Wärme zu besitzen.

In dieser Sekunde versuchte Nelson Giordano sein

Glück. Er ließ beide Arme fallen. Seine rechte Hand zuckte nach hinten.

Ich sprang ihn an. Der 38er sauste nieder. Der Lauf traf Giordanos Schläfe. Er brach zusammen. Seinen Fingern entfiel die kleine Pistole, die er in einer Gürtelhalfter über dem Gesäß getragen hatte. Ich fuhr herum. Hults und Orff erstarrten in ihren Bewegungen.

Ich ging zum Telefon, hob den Hörer ans Ohr. Das Freizeichen summte. Unmittelbar neben dem Telefon lag ein Anschlußverzeichnis. Vor der ersten Telefonnummer standen die Worte ›Silver-Strike‹-Club.

Ich wählte die Nummer. Eine höfliche Mädchenstimme sagte: »Silver-Strike-Club. Guten Abend!«

»Kann ich Miß Lorraine Smith sprechen? Es ist dringend!«

»Ich muß Miß Smith suchen. Warten Sie bitte!«

Es dauerte drei Minuten, bis Lorraine Smith sich meldete. »Zeigen Sie keine Überraschung! Cotton hier!« sagte ich. »Ist Gale im Club?«

»Nein.«

»War er irgendwann dort?«

»Nein.«

»Sind Sie sicher, Miß Smith?«

»Ich war den ganzen Abend in der Notgarderobe. Soll ich in den anderen Räumen nachsehen?«

»Ja, zur Vorsicht! Rufen Sie mich dann an! Sie erreichen mich unter der Nummer . . .« Die Rufnummer des Apparates stand auf einem schmalen Schild an seinem Sockel. Ich nannte sie.

»Das ist nicht in New York?« fragte Lorraine Smith.

»Nein, in Englewood. Es ist Gales Privatvilla. Leider ist er verschwunden. Ich kann Ihnen keine Hoffnung für die Mädchen machen.«

Ich trennte die Verbindung. Giordano war noch

bewußtlos. Hults und Orff hielten die Arme in Kopfhöhe und fühlten sich miserabel. Man konnte es ihnen ansehen. »Wie wäre es mit einer kleinen Gepäckerleichterung? Wer außer Giordano und euch weiß von der Existenz der Villa?«

»Noch zwei oder drei Leute«, antwortete Hults.

»Wußte Carlo DiBello davon?«

»Carlo war einige Male hier.«

»Wann habt ihr Gale zuletzt gesehen?«

»Vor vier Tagen. Er wollte nicht, daß viele Leute in die Villa kamen. Er fürchtete, Kinners Spione könnten sich an einen von uns anhängen. Nelson überbrachte die Befehle.«

»Verfügt Gale noch über ein anderes Versteck?«

»Ich kenne kein anderes.«

»Okay, dann werde ich euch erst einmal abliefern. Ihr tragt Giordano an Armen und Beinen. Auf diese Weise sind eure Hände beschäftigt.«

Widerwillig, aber machtlos gegen den 38er in meiner Hand hoben die Gangster den Bewußtlosen auf. Ich ging rückwärts zur Tür, die in die Halle führte. Da ich nicht riskieren wollte, die Gangster im Dunkeln durch den großen Raum, den sie besser kannten als ich, zu dirigieren, tastete ich nach einem Lichtschalter, den Rücken noch immer zur Tür gewandt.

Der Schlag traf mich zwischen die Schulterblätter. Wie ein glühender Blitz zuckte der Schmerz aus der Wirbelsäule in mein Gehirn und war so übermächtig, daß mein Bewußtsein augenblicklich erlosch.

Als ich die Augen öffnete, tobte der Schmerz nur an der getroffenen Stelle. Mein Kopf war völlig klar. Offenbar hatte die Bewußtlosigkeit nur wenige Sekunden gedauert, denn Hults und Orff standen in nahezu unveränderter Haltung, nur hatten sie Giordano losgelassen. Er lag zwischen ihnen.

Von rechts schob sich der matt schimmernde Lauf einer Maschinenpistole in mein Blickfeld. Ich blickte daran hoch, sah die Hände, eine am Magazin, die andere am Schloß mit dem Zeigefinger am Drücker, dann den Kolben, der nur aus einem Stahlrohr in Form eines Gewehrkolbens bestand, und dann erst den Mann, der die Waffe hielt. Dieses Mal trug er keine Maske, hatte nicht die Kleidung gewechselt. Sogar die Kamera hing noch um seinen Hals.

»Gerade noch rechtzeitig«, sagte Harmon Loyd.

Er nahm die linke Hand vom Griff, zog ein Paar Handschellen aus der Manteltasche und warf sie Hults zu, der zu verwirrt war und sie nicht auffing. Die Handschellen klirrten auf den Boden.

»Idiot! Leg ihm den Schmuck an!«

Hastig hob Hults sie auf. Er begriff, daß er wieder Oberwasser gewonnen hatte.

»Her mit den Pfoten, Schnüffler!« schrie er. Sein Schuh traf wuchtig meine Rippen.

Loyd hob die MPi und ließ den Lauf auf Hults' Schulter sausen. Hults heulte auf und knickte in die Knie. Erschreckt und mit dem Ausdruck eines geprügelten Hundes blickte er zu Loyd hoch. »Von Treten sagte ich nichts!« Er blickte sich in dem Raum um. »Hinter dem Barschrank ist ein Tresor. Schieb den Schrank zur Seite, Orff!«

Diensteifrig sprang Orff zur Wand und stemmte sich gegen den halbhohen Schrank, der die Bar enthielt. Der Schrank rollte zur Seite und gab ein ungefähr drei Fuß hohes Safe mit einem massiven Hebelgriff frei.

»Leg ihn an die Kette; eine Schelle an die Hand, die

andere an den Griff! Auf die Füße, Cotton! Vorwärts, Mann! Ich glaubte, G-men wären harte Burschen. Einen kleinen Hieb in den Nacken solltest du verdauen können.«

Mühsam stemmte ich mich hoch. Mit der MPi trieb Loyd mich zum Tresor. Hults schloß die Handschelle um mein rechtes Gelenk und um den Griff des Panzerschranks.

»Sehr gut!« Loyd senkte die Kugelspritze. »Übrigens stammt der Gelenkschmuck ebenso aus britischen Armeebeständen wie die Maschinenpistole, altmodisch, aber zuverlässig.«

Er wandte sich an Hults und Orff. »Wir gehen jetzt in den Keller.«

Hults rieb seine Schulter. »Mister, ich kenne Sie als Fotograf, aber jetzt sehe ich, daß die Fotomasche nur 'ne Tarnung war. Arbeiten Sie für Gale?«

»Auch für Gale, nur weiß er es selbst noch nicht. In den Keller, Freunde!« Er warf einen Blick auf Giordano. »Ich denke, er wird noch ein paar Minuten schlafen. Wir halten uns nicht lang auf.«

»Was sollen wir im Keller?« knurrte Orff.

»Nur ein paar Sachen raufholen, die ich brauche!« Langsam wanderte der Lauf der MPi wieder noch oben, aber jetzt wies die Mündung auf Hults und Orff.

Sie sahen sich an. Hults zuckte die Achseln. Beide trollten sich zur Tür. Die Dunkelheit der Halle schluckte sie. Loyd blickte mich kurz an und ging ihnen nach.

Ich untersuchte, die Handschellen, rüttelte daran. Nichts zu machen.

Das Telefon auf dem Schreibtisch begann zu läuten. Ich starrte den Apparat an, dessen Klingel in kurzen Abständen schrillte. Schreibtisch und Telefon befanden sich um ein halbes Dutzend Yards außerhalb meiner Reichweite; für mich war das ebensoweit, als stünden sie jenseits des Ozeans.

Ein dutzendmal wiederholte sich das Läuten, bevor der Anrufer auflegte. Giordanos Stöhnen lenkte meine Aufmerksamkeit vom Telefon ab. Er bewegte sich, hielt aber noch die Augen geschlossen. Es war das erste Lebenszeichen, das er seit dem Niederschlag von sich gab.

Ich rief ihn an. »He, Nelson!«

Irgendwo im Haus hämmerte die Maschinenpistole. Mauern und Türen dämpften das harte Stakkato. Die Stille danach war besonders bedrückend.

»Nelson! Hörst du mich? Gib dir 'nen Ruck, Mann! Werde wach, oder du wirst es niemals mehr!«

Seine Augenlider flatterten; dann schlug er die Augen auf und tastete, immer noch liegend, nach seinem Schädel.

Unendlich langsam richtete er den Oberkörper auf. »Nelson!« Er drehte den Kopf und starrte mich blicklos an.

»Willst du Nelson zu 'ner Zusammenarbeit mit dem FBI überreden?« fragte Loyd von der Tür her. Lautlos war er hereingekommen. Er zog einen flachen Schlüssel aus der Tasche und ging zu Giordano. »Ich sehe, du bist aufgewacht. Wie geht's? Kannst du aufstehen?«

Giordano nickte schwerfällig.

»Nimm den Schlüssel, kette den G-man los und leg die Schelle um seine zweite Hand. Ich gehe nicht gern nah an ihn ran. Er ist gefährlich.«

Giordano stand auf, preßte eine Sekunde lang beide Hände gegen seinen dröhnenden Schädel, nahm den Schlüssel und wankte unsicher auf mich zu,

»Weißt du, daß er gerade Hults und Orff erschossen hat?« sagte ich.

Loyd lachte. »Na und? Das wird Nelson nicht abhalten, lieber für mich zu arbeiten, als selbst umgelegt zu werden. Einen Gehilfen aus seiner alten Garde bewilligen wir Ernie Gale, aber ich schätze es nicht, wenn drittklassige Gangster wie Hults und Orff über mich Bescheid wissen.«

Giordanos Gehirn schien noch so durchgerüttelt zu sein, daß er ohne Nachdenken gehorchte. Loyd kam erst näher, als beide Handschellen sich um meine Gelenke geschlossen hatten.

»Schade, daß du Gales Villa ein paar Stunden zu früh entdeckt hast. Der Panzerschrank enthält alle wichtigen Unterlagen über die Gale-Organisation, und ich hatte noch keine Zeit, dem dicken Ernest die Kennziffern zu entlocken. Wirklich schade, denn sonst wärst du nach den Ereignissen rund um die Farm sicher von meiner Harmlosigkeit überzeugt, oder?«

»Alles für mich inszeniert?«

»Nicht nur, G-man. Wir mußten die Gale- und die Kinner-Banden noch einmal aneinanderbringen. Wir bliesen Gale ins Ohr, wo Kinners Versteck lag. Ich selbst telefonierte mit ihm, und ich verabredete Lichtsignale, bei deren Aufleuchten der Angriff gestartet werden sollte. Mein Blitzlicht diente als Lichtquelle. Mit eurer Hilfe gelangte ich auf die Farm. Außerdem traf es sich gut, daß ich euch davon überzeugen konnte, wie waffenlos und unbeteiligt ich mich während der Schießerei neben euch aufhielt. Wir schlagen gern zwei Fliegen mit einer Klappe.«

Er machte eine Kopfbewegung zur Tür. »Gehen wir! He, Giordano! Lösch alle Lichter!«

Gales oberster Schläger hatte sich so weit erholt, daß er sich zu wundern begann. »Wer bist du?« fragte er stockend.

»Erfährst du später! Jetzt komm und stell keine Fragen, die mich belästigen. Ich kann auf dich verzichten, wenn du nicht spurst.«

Giordano biß sich auf die Lippe und zog den Kopf zwischen die Schultern.

Loyds weißer Chevrolet stand rund hundert Yards vor der Einfahrt zum Bungalow.

»Du fährst!« befahl er dem Gale-Gangster. Ich mußte mich auf den Beifahrersitz setzen. Er selbst stieg in den Fond. Die Mündung der Maschinenpistole blieb in der Nähe meines Hinterkopfes. »Stopp an der nächsten Telefonzelle«, sagte er.

»Ich werde dein Hauptquartier anrufen, G-man. Als du plötzlich aus dem Fenster sprangst, ahnte ich Unheil und rannte zu meinem Schlitten. Natürlich verpaßte ich den Anschluß, aber ich wußte ja, wohin die Reise ging. Jetzt werde ich deinen Freunden erzählen, daß ich versucht hätte, hinter dem Gangsterwagen zu bleiben, aber leider abgehängt worden wäre. Diese Erklärung müssen sie schlucken, und sie können mir nicht die Schuld geben, wenn du nie wieder auftauchst.«

»'ne Telefonzelle!« meldete Girodano.

»Den Schlüssel.«

Er barg die Maschinenpistole unter dem Mantel, als er zur Zelle ging. Er hätte sie auch offen tragen können, denn die Straße war menschenleer. Nach zwei Minuten kam er zurück, ließ sich in die Polster fallen und warf Giordano den Schlüssel zu. »Sie haben meine Meldung mit Dank entgegengenommen. Wahrscheinlich geben sie jetzt Großalarm für South-Brooklyn. Ich sagte deinem Kollegen vom Dienst, dort hätte ich den Gangsterwagen aus den Augen verloren.«

»Wo fahren wir hin?« fragte ich. »Nach Tenafly?«

»Ungefähr, aber nicht ins ›Tenafly-Palace‹-Hotel.«

»Warst du beteiligt, als ich auf der Palisades-Road ausgelöscht werden sollte?«

»Selbstverständlich! Trotzdem erzählte dir die Puppe aus Gales Stall, ich hätte zur gleichen Zeit in ihren Armen gelegen. Sie glaubte selbst daran. Ich habe ihr 'ne Ladung Spezialtropfen in die Drinks geschüttet, die sie schneller hinüberschafften als purer Alkohol. Bevor sie endgültig einpennte, legte ich sie schnell um. Jetzt hielt sie ihre eigene Bewußtlosigkeit für süße Erschöpfung. Ich informierte meine englischen Freunde, fuhr mit einem Motorboot über den Bach und kam rechtzeitig, um dich auf dem Rückweg abzufangen.«

»Du wußtest also, wohin ich gefahren war?«

»Anruf genügte.«

»Du hast Freunde im ›Tenafly-Palace‹-Hotel?«

Er lachte. »Du weißt doch Bescheid.«

»Du bist Sergio?«

»Klar! Sergio Gergela. Meine Mutter war Engländerin und hieß Loyd. Claire kennt meinen richtigen Namen, und ich fürchtete, du würdest sie weich machen.«

»Wo ist sie jetzt?«

»Du wirst sie wiedersehen – allerdings vermutlich nicht für lange.«

»Du bist in jener Nacht zurückgefahren und hast die Ladung in der Garderobe hochgejagt?«

»Nein, G-man, auf den Knopf habe ich nicht gedrückt. Meine Aufgabe war erledigt, als ich die Ladung in der Garderobe untergebracht hatte. Du hast 'ne verdammt gute Nase. Ich erinnere mich genau, wie du mit dem Blitzgerät hantiertest. Du lagst richtig. In einem Blitzgerät brachte ich die Sprengladung in die Garderobe, aber auch ich kannte das Auslösesignal nicht.«

Wieder lachte er. »Ohne die Explosion wäre ich in

Schwierigkeiten geraten. Nach der Handgranate, die dich verfehlte, setzte ich schnellstens mit dem Boot auf die andere Seite über, jagte in mein Haus, kippte mir eine Ladung Whisky ins Gesicht, holte die Kleine aus der Bewußtlosigkeit und besorgte es ihr noch einmal. Das festigte ihre Überzeugung, ich hätte mich nie von ihrer Seite entfernt. Wer Erfolg haben will, muß auf allen Gebieten leistungsfähig sein.«

Er klopfte Giordano auf die Schulter. »Nächste Straße links. Nach zwei Meilen rechts in den Wald. Ich zeige dir meine Jagdhütte, G-man!«

»Hast du Carlo DiBello erschossen?«

»Neugierig bis zur letzten Minute, wie? Wir brauchten eine Initialzündung für den Krieg zwischen Gale und Kinner. Auch der Überfall auf den Schnellimbiß kommt auf mein Konto. Danach lief der Krieg von selbst, bis der FBI ihn stoppte. Gale und Kinner einigten sich in der Abkühlungsperiode, die ihr den beiden im Gefängnis verordnetet. Als sie herauskamen, mußten wir das Feuer noch einmal anblasen. Also legten wir zwei Kinner-Leute um. Du warst dabei. Jetzt ging es wieder los. Wir konnten in Ruhe zusehen. Nur noch die Sprengladung im ›Silver-Strike‹-Club organisierten wir. Sie sollte Gale wütend genug für den Angriff auf Kinners Farm machen. Alles andere, G-man, besorgten beide Vereine und ihre Bosse selbst. Wenn zwei sich schlagen, freut sich der Dritte. Wir sind der Dritte.«

Giordano steuerte den Chevrolet von der Straße in eine Waldschneise. Ich fragte mich, was in seinem Gehirn vorging. Es schien, als hätte er sich Loyds Befehlen widerspruchslos und vollständig unterworfen.

Die Schneise war planiert und fast so gut wie eine asphaltierte Straße. Nach wenigen Minuten tauchte im Licht der Scheinwerfer eine mittelgroße Blockhütte auf, vor der ein schwarzer Buick stand. Die Läden der Fenster waren geschlossen. Als Giordano den Wagen neben dem Buick stoppte, wurde die Tür der Blockhütte geöffnet. Im gelben Licht stand ein untersetzter Mann, der eine Maschinenpistole des gleichen Modells wie Loyd trug.

»Endstation! Raus, G-man! Du auch, Nelson!«

Loyd begrüßte den Mann in der Tür, »Hallo, Kenneth!«

»Evening, Chief«, antwortete der andere im tiefsten Cockney-Englisch.

Ich hatte sein Gesicht auf einem Foto von Scotland Yard gesehen. Er hieß Kenneth Porgway und war einer der Londoner Gangster, die sich Loyd herübergeholt hatte.

»Wer ist denn das?« fragte er.

»Der G-man, der Nolan auf dem Gewissen hat.«

»Dem besorg' ich es gern, Chief!«

»Du hast den Mann erschossen, Loyd!«

»Stimmt, aber du warst schuld daran, das zählt.«

Als ich an Porgway vorbei in die Hütte stieg, stieß er mir den Stahlrohrkolben seiner Waffe in die Rippen.

»Bastard!« zischte er. Ich schwang herum. Mit beiden Fäusten und den Stahlmanschetten traf ich seine Kinnlade. Er flog zwei, drei Schritte aus der Türöffnung und fiel gegen Giordano. Loyd nahm die Maschinenpistole hoch. »Vorsicht, G-man!«

Der Engländer brauchte zehn Sekunden, um sich von der Überraschung zu erholen. Dann knurrte er tief in der Kehle einen Fluch und wollte sich auf mich stürzen. Aber Loyd trat dazwischen. »Laß das, Ken! Er kriegt seinen Teil! Weiter, G-man!«

Das Innere der Hütte war fast prunkvoll eingerichtet. Edelholz verkleidete die Wände bis zur Decke. Aus der

Diele führte ein Durchgang in den Hauptraum. Ich sah mich drei Männern gegenüber. Einen kannte ich ebenfalls nur von einem Scotland-Yard-Foto, denn bei unseren früheren Zusammenstößen hatte eine Strumpfmaske sein Gesicht unkenntlich gemacht. Wie Porgway war er nur mittelgroß, schlecht gekleidet und ziemlich häßlich. Seinen Namen hatte Scotland Yard mit Stanley Garden angegeben, und er war mit seinem Vetter, der jetzt in irgendeinem Kühlfach des Leichenschauhauses lag, herübergekommen, um harte Dollars zu verdienen.

Garden saß in einem Sessel, die MPi über den Knien, und hielt zwei Männer in Schach, die sich vor kurzer Zeit noch als Könige über einen Teil Manhattans betrachtet hatten: Ernest Gale und James Kinner.

Gale machte den kläglicheren Eindruck. Natürlich war er noch immer ein riesiger, fetter Kerl, aber irgendwie sah er aus, als wäre die Luft aus ihm herausgelassen worden. Er schwitzte, saß zusammengesunken in einem Sessel und wischte immer wieder mit einem längst durchgefeuchteten Taschentuch über seine Glatze. Als er Giordano erblickte, fuhr er auf. »Nelson, ich glaubte . . .« Er zog hörbar die Luft ein. »Hast du mich verpfiffen?«

»Hat er nicht«, sagte Loyd alias Sergio Gergela. »Setz dich zu deinem Boß und tröste ihn!« Er wandte sich an James Kinner. »Hast du dich beruhigt, Kleiner?«

›Feathers‹ blauer Anzug war schmutzig. Er blutete aus einer Platzwunde über dem linken Wangenknochen. Wütend sprang er auf. Der andere stieß ihm den Lauf hart vor die Brust. Kinner fiel in den Sessel zurück.

»Spiel nicht den Helden, Kleiner! Hol das Mädchen, Kenneth!«

An der Giebelwand des Zimmers führte eine Holztreppe nach unten. Porgway polterte sie hinunter. Ich hörte das Knirschen eines Riegels. Der Engländer knurrte: »Come on, Honey!«

Claire Meola kam die Treppe hoch. Sie war blaß, und das Haar fiel in Strähnen in ihr Gesicht. Mit schnellen Schritten ging sie auf Loyd zu.

»Oh, Sergio, ich verstehe das alles nicht. Warum werde ich gefangengehalten?« Sie erblickte mich. »G-man, sagen Sie ihm, daß ich ihn nicht verraten habe. Bitte, sagen Sie es ihm!«

»Ich glaube dir auch ohne seinen Schwur«, erwiderte Loyd.

Er wies mit dem Daumen auf die Tänzerin, sah aber gleichzeitig Gale an.

»Sie lieferte uns die ersten Tips, Ernest, weil sie DiBello nicht ertragen konnte. Sie hat das erste Abhörgerät in deinem Büro untergebracht. Nun ja, du erhältst Gelegenheit, ihr gründlich die Meinung zu sagen. Ich zeige sie dir, damit du weißt, wie ernst gemeint die Vorschläge sind, die du gleich hören wirst. Bring sie wieder runter, Ken!«

Porgway packte ihren Arm. »Sergio, ich liebe dich doch!« rief sie. »Du hast immer gesagt, wir würden zusammen nach Europa gehen, wenn . . .«

»Schaff sie weg!« brüllte Loyd. Der Engländer stieß Claire Meola die Treppe hinunter. Ich hörte, wie er die Tür ins Schloß warf.

Loyd blickte auf die Uhr. »Höchste Zeit«, sagte er. »Spätestens um fünf Uhr will ich mich bei deinen Kollegen sehen lassen, G-man.«

Er öffnete die Doppeltür eines niedrigen Schrankes. Ich sah ein großes Sprechfunkgerät, das mit einer Lautsprecheranlage gekoppelt war. Loyd drückte einen Knopf. »Pronto! Pronto! Qui chiama Sergio!«

»Ti sentiamo, Sergio«, antwortete eine Männerstimme aus dem Lautsprecher. »Hai preparato tutto?«

»Tutto okay«, antwortete Loyd in einer Mischung aus Englisch und Italienisch.

Der andere wechselte in fließendes und akzentfreies Englisch über. »Guten Abend, Ernest Gale und James Kinner!« sagte er. »Ich bin Mitglied einer Organisation, die ihr gut kennt, aber die ihr bisher ignoriert habt. Vor drei Jahren machten wir euch Vorschläge für die Übernahme eurer Unternehmen. Diese Vorschläge habt ihr abgelehnt. Wir betrachten die Gebiete, auf denen ihr eure Geschäfte macht, als unsere Sache – als Sache der Cosa Nostra. In einem sinnlosen Krieg habt ihr euch gegenseitig geschädigt. Wenn wir euch weitermachen ließen, würdet ihr euch gegen den FBI nicht mehr lange behaupten können. Wichtige Absatzgebiete würden verlorengehen. Die Cosa Nostra hat daher beschlossen, eure Organisation zu übernehmen, sie zu einem Syndikat zusammenzulegen und der ›Familie‹ von New Jersey zu unterstellen. Man wird euch jetzt die Bedingungen der Übergabe nennen.«

Eine andere Männerstimme drang aus dem Lautsprecher. Auch dieser Mann sprach akzentfreies Englisch. Kannte ich die Stimmen? Der Funksprechverkehr läßt alle Stimmen flach klingen und verändert die Tonlage. Vielleicht benutzten sie auch einen zusätzlichen Verzerrer. Aber die Sprechweise war die der Männer auf dem Golfplatz. Ich zweifelte nicht daran, daß Jack Lucini, der Klempner, die ersten Sätze gesprochen hatte und daß jetzt Arthur Triano, angeblicher Gemüsegroßhändler, die Bedingungen nannte.

»Gale nennt unserem Vertrauensmann, Sergio Gergela, die Kennziffer seines Panzerschranks. Giordano begleitet Kenneth Porgway in die Villa zurück. Sie holen die Organisationsunterlagen, die Besitzurkunden über Häuser, Grundstücke usw. Auch die Belastungspapiere für Mitglieder der Gale-Organisation werden mitgenommen. Zu einem späteren Zeitpunkt wirst du, Ernest Gale, allen Besitz, soweit er dir gesetzlich gehört, auf bestimmte Firmen übertragen. Hast du verstanden? Antworte.«

Gale starrte das Funksprechgerät an wie ein Amazonasindianer, der noch nie einen solchen sprechenden Kasten gesehen hat. »Ich . . . ich weiß nicht, was ich dazu sagen soll«, stammelte er.

»Es genügt, wenn du dich einverstanden erklärst.«

Er fing sich ein wenig. »Und wieviel wollt ihr zahlen? Ihr könnt mir nicht alles, was ich in Jahrzehnten aufgebaut habe, abnehmen ohne einen Cent Gegenleistung.«

»Hast du nicht verstanden?« polterte die Stimme eines anderen, dritten Mannes. »Wir sind die Cosa Nostra! Wir können alles, was wir wollen.«

»Wenn ich mich weigere, die Kennziffer zu nennen, könnt ihr nichts machen!« schrie Gale mit dem Mut der Verzweiflung.

Aus dem Lautsprecher erscholl Gelächter. Wie viele Männer lachten? Drei, vier?

»Mach dich nicht lächerlich, Ernest!« sagte der Sprecher, der die Bedingungen nannte. »Es wäre eine Kleinigkeit für uns, den Tresor knacken zu lassen. Auch dafür haben wir Spezialisten. Wir brauchen aber deine Mitarbeit bei der Übertragung der Vermögenswerte. Diese Mitarbeit wirst du uns nicht verweigern. Sergio, gib ihm einen kleinen Vorgeschmack.«

Loyd-Gergela ging zu Gale, holte aus und schlug dem Gang-Boß ins Gesicht. Gales Oberlippe platzte auf. Blut schoß aus seiner Nase.

»Erledigt!« sagte Loyd zum Funksprechgerät hin.

»Hast du begriffen, Gale?« tönte es aus dem Lautsprecher. »Jetzt die Kennziffer.«

Gale versuchte, das Blut mit beiden Händen zu stillen. Aus dem großen Gang-Boß, der selbst mit Brutalität Furcht und Entsetzen verbreitet hatte, war unter der Brutalität anderer ein zitternder Feigling geworden. »145 CD 353« stöhnte er.

»Wiederholen!«

»145 CD 353.« Loyd-Gergela schrieb Zahlen und Buchstaben auf einen Zettel.

»Jetzt zu dir, James Kinner! Du hast deine Firma nicht wie Gale durchorganisiert. Bei dir gibt es keine Unterlagen. Die meisten Einzelheiten verwahrst du in deinem Gehirn; einige Dokumente liegen in Banksafes. Wir sind auf deine Mitwirkung angewiesen, wenn wir deinen Anteil vollständig übernehmen wollen. Bist du einverstanden, in Zukunft mit uns zu arbeiten?«

›The Feather‹ schien schneller als Gale begriffen zu haben, mit welchem übermächtigen Gegner er es zu tun hatte. »Welche Gegenleistung?« fragte er.

»Wir nehmen euch in die ›Familie‹ auf. Die Cosa Nostra besteht nicht nur aus Männern einer bestimmten Herkunft. Ihr werdet eure Gebiete wie bisher verwalten, allerdings nach Richtlinien, die wir alle gemeinsam ausarbeiten, und ihr werdet nicht mehr selbstherrlich über die Einkünfte verfügen können. Die Cosa Nostra beschließt, wo das verdiente Geld neu investiert wird. Für eure persönlichen Bedürfnisse bleibt genug über. Ihr werdet weiter wie reiche Männer leben können. Du, James, brauchst auf keine Freundin zu verzichten.«

»Okay«, knurrte Kinner.

Ich beobachtete ihn. Wahrscheinlich dachte er, er würde eine neue und bessere Chance finden, wenn er zunächst zustimmte. Wahrscheinlich wollte er nur erst einmal dieser Falle, der Jagdhütte, entrinnen.

»Sergio, schick Giordano und Porgway los!«

Dieser Befehl kam von dem Mann, der gewissermaßen den Einführungsvortrag gehalten hatte.

Loyd-Gergela übergab den Zettel, auf dem er die Kennziffer notiert hatte, an Giordano. »Porgway wird dich begleiten. Er knallt dich ab, falls du irgendwelche Tricks versuchst. Sobald du den Safe geöffnet hast, rufst du an.«

Er wies auf ein Telefon, das auf dem Tisch stand. »Schreib dir die Nummer auf! Du kommst dann sofort zurück. Von hier bis zur Gale-Villa braucht ihr eine knappe Viertelstunde. Wir haben den Platz sorgfältig gewählt, um Zeitverluste zu vermeiden. – Ken, dieser Bursche ist noch nicht unser Freund. Paß auf ihn auf!«

Giordano und der Engländer verließen den Raum. Wenig später hörte ich das Motorengeräusch des Wagens.

»Sie sind abgefahren«, meldete Loyd.

Eine neue Stimme erklang aus dem Lautsprecher. Die Sprechweise war abgehackt, das Englisch des Sprechers härter. »Die Cosa Nostra besitzt von jedem Mitglied Beweise eines begangenen Verbrechens, die bei einem Verrat der Polizei übergeben werden können – falls wir die Angelegenheit nicht selbst bereinigen. Solche Beweise brauchen wir auch von euch, Gale und Kinner. Ihr werdet jeder einen Mord begehen, und jeder wird bei diesem Mord der Gehilfe des anderen sein. Sergio sorgt für die Beweise. Mehr haben wir auch für heute nicht zu sagen.«

Loyd sah mich an und zog langsam die Lippen von den Zähnen.

»Du bist bleich geworden, G-man«, sagte er höhnisch. »Tröstet dich der Gedanke nicht, daß du stellvertretend für einen anderen auf die große Reise geschickt wirst? Ursprünglich hatte ich Lorraine Smith als zweites Objekt vorgesehen. Deinetwegen können wir auf ihre Mitwirkung verzichten.«

Er tippte auf die Kamera, die noch an seinem Hals hing. »Das werden die sensationellsten Fotos, die ich je geschossen habe. Ein Mann wird ermordet! Eine Frau wird ermordet. Und meine Kamera hält jede Phase beider Morde in allen Einzelheiten fest. Schade, daß ich die Bilder der Presse nicht verkaufen kann. Wieviel Dollars, glaubst du, würden sie im Weltvertrieb bringen?«

»Dir werden sie lebenslänglich einbringen!« antwortete ich ruhig.

Er zuckte die Achseln und wandte sich an Gale und Kinner. »Habt ihr Einwände?«

Zum erstenmal sahen die beiden Gang-Bosse sich an. »Gemeinsam?« fragte Kinner.

»Einer hält fest, der andere besorgt es. Dann umgekehrt beim zweiten«, erklärte Loyd.

»Wenn sie darauf bestehen, laß es uns rasch erledigen«, stöhnte Gale.

Weder er noch Kinner zeigten die leisesten Skrupel. Einen Mord zu begehen, bedeutete ihnen weniger als der Verlust ihrer Macht.

»Wer nimmt das Mädchen?«

»Mir einerlei«, sagte Kinner.

Loyd zog eine Münze aus der Tasche. »Zahl bedeutet das Girl, und ich werfe für dich, Gale!« Er warf die Münze hoch und ließ sie auf den Boden fallen. Stanley Garden, der zweite Engländer, der bisher nachlässig im Sessel gelümmelt hatte, beugte sich mit plötzlich erwachtem Interesse über die Münze. »Zahl!« rief er. »Der Dicke darf sich das Mädchen vornehmen.«

»Wer als erster?« fragte Loyd. »Keiner? Also Losentscheid! Wieder Zahl für dich, Gale!«

Zum zweitenmal flog die Münze hoch. »Zahl!« rief Garden. »Der Dicke hat 'ne Glückssträhne!«

Gale wuchtete sich von seinem Sitz hoch. »Also los! Ich brauche 'ne Kanone!«

Loyd-Gergela schüttelte den Kopf. »Kanone ist nicht deutlich genug. Nackte Hände oder ein Messer; mehr bewilligen wir nicht.«

Er ging zu einem Schrank, öffnete ihn und nahm ein Blitzgerät heraus. Um die Kamera anzuschließen, mußte er sie vom Hals nehmen. Er lehnte die Maschinenpistole in eine Zimmerecke. »Paß auf, Stan!« ermahnte er den Londoner. »Ein paar Probeaufnahmen!« Er blitzte Gale, Kinner und mich. Dann hängte er Kamera und Blitzgerät wieder um; beide aber über die linke Schulter.

Er nahm die Maschinenpistole in die Hände, blickte auf die Uhr und sagte: »Wir warten noch auf den Anruf. Bevor du an die Arbeit gehst, Gale, wollen wir wissen, ob die Kennziffer stimmt.«

»Kann ich einen Drink haben?« fragte Gale.

»Selbstverständlich! Wir sind ja fast schon Freunde. Du auch, Kinner? Und du, G-man?«

»Ich auch«, antwortete ich. Loyd lachte. »Trinken von Alkohol während des Dienstes beim FBI verboten! Betrachtest du dich schon als pensioniert?«

»Vielleicht schon als tot! Für 'nen toten G-man gilt die Dienstvorschrift noch weniger als für einen pensionierten.«

»Gib allen ein Glas, Stan!«

Das Glas, das der Engländer mir reichte, war bis an den Rand gefüllt. Ich nahm es in beide Hände.

»Cheerio!« lachte Loyd. Ich führte das Glas mit den

gefesselten Händen zum Mund, nippte an dem Whisky und verschüttete dabei etwas.

»Er zittert vor Angst«, höhnte der Cosa-Nostra-Gangster, der mich scharf beobachtet hatte.

Das Telefon läutete. Er ging zum Tisch und nahm den Hörer ab. »Ah, Ken! Ist alles in Ordnung? Tresor offen? Okay, packt ein und kommt sofort zurück.«

Er legte auf und nickte Gale zu. »Kennziffer stimmte. Sie haben alles. Wir können anfangen.«

»Laß mich austrinken!« sagte Gale. Er hielt sich an dem Whiskyglas fest und kippte das Zeug in mehreren Schlucken hinunter. Schließlich wischte er mit dem Handrücken über den Mund.

»Ein Messer?« fragte Loyd.

»Ich mache es mit den Händen!« stieß Gale hervor.

Sie gingen zur Treppe. Loyd drehte sich noch einmal um. »Paß gut auf den G-man auf, Stan! Er ist gefährlich!«

Der Engländer schluckte. »Ich würde verdammt gern zusehen, Chef.«

»Du bleibst oben!«

Gale, Kinner und Loyd – in dieser Reihenfolge gingen sie die Treppe hinunter. Ich hörte das Zurückschnappen des Riegels und gleich darauf Claire Meolas Stimme. »Was wollt ihr? Sergio, bitte sag mir . . .« Das Zuschlagen der Tür schnitt ihre Worte ab.

Ich hob die Hände, in denen ich das Glas hielt, zum Mund, als wollte ich trinken. Der Engländer stand zwei Schritte von mir entfernt, die Maschinenpistole auf mich gerichtet. Den Kopf hatte er zur Seite gedreht. Seine Augen flackerten. Gespannt lauschte er zur Treppe, versessen darauf, wenigstens ein Geräusch aufzufangen. Als er den ersten Schritt nach rückwärts auf die Treppe machte, feuerte ich ihm das noch halbvolle Glas ins Gesicht. Gleichzeitig sprang ich ihn in zwei Sätzen an; den ersten machte ich schräg nach rechts, den zweiten unmittelbar auf ihn zu.

Er zog durch beim ersten Sprung, aber er konnte die Richtung nicht korrigieren, denn der Whisky im Gesicht zwang ihn, die Augen zu schließen. Als er sie trotz der Schmerzen aufriß, stand ich schon so nahe vor ihm, daß er den Lauf nicht mehr auf mich richten konnte.

Ich traf ihn mit den Handschellen. Irgend etwas passierte mit seinem Kieferknochen. Er stieß einen gurgelden Schrei aus. Ich packte die MPi am Lauf und verbrannte mir die Handflächen. Garden drückte noch einmal krampfhaft auf den Abzug. Eine Kugelserie schlug in die Zimmerwand. Ich brachte einen Fuß hoch, hämmerte den Absatz gegen ein Knie des Engländers und rammte ihm gleichzeitig den Ellbogen unter das Kinn.

Er torkelte rückwärts. Seine Finger glitten ab. Die Maschinenpistole blieb in meinen Händen. Ich schlug den Stahlrohrkolben gegen seinen Schädel. Das erledigte ihn endgültig. Er fiel zwischen zwei Sessel.

Alles hatte keine zehn Sekunden gedauert. Ich drehte die Waffe, stieß damit den schweren Mitteltisch um und ging dahinter in Deckung.

»Sergio?« tönte es aus dem Lautsprecher des Funksprechgerätes. »Was ist los?«

Loyds Schritte dröhnten auf der Treppe. Ich brachte die MPi in Anschlag. Als sein Kopf über dem Rand des Bodens auftauchte, schoß ich. Ich wollte ihn treffen, und ich wußte, daß es besser war, ihn zu töten, als irgendein Risiko einzugehen. Aber es ist verdammt schwierig, eine Maschinenpistole mit aneinandergeketteten Händen zu bedienen. Die Kugelspritze schlug nach allen Seiten aus. Loyd-Gergela ließ sich fallen. Ich hörte das Klappern seiner Waffe auf den Stufen.

»Sergio, hörst du uns? Warum antwortest du nicht?«

»Der G-man hat Garden überfallen!« schrie Loyd. »Er hat die Maschinenpistole. Keine Angst! Ich bringe ihn um.«

Ich betrachtete voller Sorge das Magazin der Waffe. Die Druckfeder stand im oberen Drittel. Höchstens noch zehn Kugeln hatte ich zur Verfügung.

»He, Loyd! Ich mache einen Kompromißvorschlag! Laß Claire Meola frei, und ich verlasse mit ihr zusammen die Hütte. Du hast dann Zeit genug zu verschwinden«, rief ich.

»Wie witzig du bist, G-man!« lachte er. »So hoch stehen deine Aktien nicht, daß ich mich auf faule Kompromisse einlassen müßte. Ich könnte dir z. B. immer wieder einmal eine Handgranate vor die Füße rollen, aber ich brauche dich noch für ein paar Fotos. Nach 'ner Handgranate würdest du dich auf 'nem Foto nicht mehr gut ausnehmen. Gib auf, G-man!« Während er sprach, hatte er sich so weit die Treppe hochgeschoben, daß er die MPi über den Boden bringen konnte. Er zog durch. Ich machte mich klein hinter dem Tisch, aus dessen Platte die Kugeln dicke Splitter herausfetzen. Zu meinem Glück war das Holz so massiv, daß keine Kugel durchschlug. Auch Loyd erkannte es.

»Okay, warten wir ein wenig. In zehn Minuten kommen Porgway und Giordano zurück. Was willst du dann machen, G-man?«

Als ich den Tisch umstürzte, war auch das Telefon auf den Boden gefallen. Der Hörer war aus der Gabel gerutscht. Der ganze Apparat lag außerhalb der Dekkung des Tisches. Ich benutze den Lauf der MPi, um den Apparat heranzuziehen. Loyd sah es. Er feuerte.

Zwei, drei Kugeln zerschlugen das Bakelit des Telefons. Der Hörer zersplitterte.

Ich fuhr hinter dem Tisch hoch, beide Hände am Schloß der Waffe, denn anders konnte ich sie nicht halten. Ich sah von Loyd Stirn, Augen und Hände, und ich verfeuerte fünf Kugeln, bevor ich mich wieder fallen ließ. Ich traf ihn nicht, denn er revanchierte sich mit einer satten Ladung. »Muniton habe ich genug, G-man!« höhnte er. »Du auch?«

Ich schwieg. »Spielst du tot? Darauf falle ich nicht rein! Warum vergeude ich überhaupt mit dir die Zeit? Ich werde in den Keller zurückgehen und Gale und Kinner sagen, sie sollen mit der Arbeit an Claire beginnen. Sie können Selbstauslöser benutzen!«

Ich stemmte mich gegen den Tisch und schob ihn, immer in Deckung der Platte, gegen die Treppenöffnung. Loyd sah es und versuchte, mich mit einer Kanonade aufzuhalten. Ich ließ mich nicht stoppen. Als ich den Tisch bis zum Rand der Treppenöffnung im Fußboden gedrückt hatte, packte ich die Waffe fester, pumpte die Lunge voll Luft, versetzt dem Tisch den letzten Stoß über den Rand und sprang auf. Krachend schlug der Tisch auf die Treppe, polterte die Stufen hinunter. Unten fiel die Tür ins Schloß. Loyd war rechtzeitig in den Keller zurückgeschlüpft.

Ich blieb am oberen Rand der Treppe stehen. »Kinner! Gale!« rief ich. »Wenn ihr Claire Meola ein Haar krümmt, holt euch der Teufel!«

»Komm runter, G-man, wenn du zusehen willst!« schrie Loyd. Ich trat mir die Schuhe von den Füßen und schlich zu dem Engländer, der bewußtlos war. Ich tastete seine Kleidung ab. Er trug keine Waffe und auch kein Reservemagazin oder eine Handvoll Patronen in den Taschen. Ein halbes Dutzend Patronen im Magazin der MPi und aneinandergekettete Hände – das blieb meine klägliche Ausrüstung. Die Tür am Fuß der Treppe bestand nur aus normalem Holz, das die Kugeln glatt durchschlagen würden. Loyd konnte mich abknallen, ohne die Tür auch nur zu öffen, aber ich zweifelte nicht daran, daß er Gale und Kinner zwingen würde, Clarie Meola umzubringen. Ich durfte nicht aufgeben. Die Maschinenpistole in den Händen, den Stahlrohrkolben gegen die Hüfte gedrückt, um die Waffe wenigstens etwas besser in der Gewalt zu haben, setzte ich den Fuß auf die oberste Treppenstufe.

Von draußen drang das Motorengeräusch eines Autos. Es näherte sich rasch. Giordano und Porgway kamen zurück. Wenn ich mich von ihnen hier im Zimmer überraschen ließ, war ich verloren. Ich mußte versuchen, Porgway die Waffe abzunehmen. Sehr schnell verließ ich die Hütte. Das Licht in der Diele brannte. Ich ließ die Haustür offen.

Die Scheinwerfer des Buicks leuchteten zwischen den Bäumen auf, tauchten die Schneise in grelle Helligkeit. Bevor ihr Licht den freien Platz vor der Jagdhütte traf, überquerte ich ihn in langen Sprüngen und ging in die Deckung hinter einem Baum. Eine Minute später rollte der Wagen auf den Platz, wurde neben Loyds Chevrolet gestoppt, und die Scheinwerfer erloschen.

Ich nahm eine Bewegung an der Ecke des Hauses wahr. Loyds Stimme hallte durch die Stille. »Vorsicht, Kenneth und Nelson! Der G-man ist ausgebrochen. Er treibt sich draußen herum, und er hat Stans Waffe.«

Loyd hatte die Hütte nicht durch die Tür verlassen. Es mußte einen direkten Ausgang vom Keller ins Freie geben.

Ich nahm die Maschinenpistole höher. Im Buick fluchte Porgway hörbar auf Cockney-Englisch. Langsam ließ ich mich in die Knie sinken. Der Himmel über dem blattlosen Geäst der Bäume war mondhell. Scharf zeichneten sich die Umrisse des Hauses ab, und Loyds Gestalt ließ sich erahnen. Ich berührte den Abzug. Das Mündungsfeuer zuckte.

Drüben an der Hausecke blitzte es auf. Gleichzeitig stieß Porgway den Schlag des Buicks auf, rollte aus dem Wagen, kroch zum Heck und setzte seine Kugelspritze in Betrieb.

Loyds Gestalt löste sich vom Haus. Er hetzte in großen Sprüngen nach rechts. Ich versuchte es noch einmal. Drei Kugeln lösten sich. Dann schlug der Hahn leer auf. Ich war ausverkauft.

Sie merkten es. »Jetzt holen wir ihn uns!« rief Loyd. »Schneid ihm den Weg nach links ab, Ken! He, Nelson, du kannst auch etwas für dein Geld tun!«

Eine Polizeisirene heulte. Der Motor eines schweren Wagens röhrte. Weiße Lichtkegel starker Scheinwerfer zerschnitten die Dunkelheit auf der Schneise. Ein Wagen schoß heran.

Ich kannte das Motorengeräusch. Mein Jaguar! Schon flackerte zwischen den Bäumen das Rotlicht.

Loyd rannte zum Haus. Jedenfalls schien es so, denn ich sah ihn vor dem gelben Lichtrechteck der offenen Haustür. In dieser Sekunde schossen die Lichtkegel des Jaguars über den Platz, erfaßten Porgway, der wie versteinert im Weg des Wagens stand. Die Bremsen schlugen kreischend an. Die Hupe brüllte. Der Londoner machte eine Fluchtbewegung, die zu spät kam. Der scharfgeschnittene Bug erfaßte den Mann. Die Wucht des Anpralls schleuderte ihn hoch. Dann folgte der Aufschlag. Schleudernd und unter wahnsinnigem Reifengekreische kam der Wagen zum Stehen. Die Schläge flogen auf. Nach rechts und links sprangen zwei Männer ins Freie. Phils Stimme hallte über den Platz. »Jerry?«

»Hier!« rief ich.

Eine Explosion erschütterte die Blockhütte. Alle Läden flogen auf. Feuerschein erfüllte für Sekundenbruchteile das Haus bis zum Dach, schien aus allen Ritzen zu brechen. Splitter, Bruchstücke flogen durch die Luft. Vom Dach rutschten die Platten, zerbarsten auf dem Boden.

»Jerry!?« rief Phil noch einmal.

Im Haus brach Feuer aus. Die lackgetränkte Holzvertäfelung, die Vorhänge und Teppiche brannten sofort in hellen Flammen.

»Okay, okay!« rief ich. Die nutzlose Maschinenpistole ließ ich fallen und lief am Rande des Platzes entlang auf Phil zu. Von der Schneise her heulten andere Sirenen heran.

Phil und ich prallten gegeneinander.

»He, das war knapp!« sagte ich. »Gale, Kinner und ein Mädchen sind im Keller. Holt sie raus! Es gibt einen direkten Zugang.«

»Da startet ein Wagen!« rief Jack Holden, der Kollege, der mit Phil gekommen war.

Der Chevrolet Loyds stieß zurück. Das Getriebe kreischte, als der Vorwärtsgang hineingewuchtet wurde. Ruckartig nahm der Wagen Fahrt auf, jagte am Haus vorbei und raste in Richtung Schneise davon.

Holden hob den 38er. »Schieß nicht!« rief ich. »Er ist ein Cosa-Nostra-Mann. Er kennt die Capos.«

Phil und ich stürzten uns in den Jaguar. Ich hieb die Faust auf den Verschlußknopf des Handschuhfachs. Der Deckel sprang auf. Ich nahm den Reserve-38er in die rechte Hand. Phil ließ die Scheinwerfer aufflammen. Eine Menge Trümmer lagen auf dem Vorplatz.

Phil mußte den Jaguar bis an den Rand steuern, um sich nicht festzufahren.

Loyd gewann hundert Yards Vorsprung, aber den Anschluß verloren wir nicht, denn die Fortsetzung der Schneise war der einzig mögliche Weg.

»Geh nicht zu nahe ran!« sagte ich. »Er hat eine Maschinenpistole. Ich dachte, er wäre ins Haus gelaufen. Offenbar sprang er in den Wagen.«

Die Scheinwerfer erfaßten den Chevrolet. Wir konnten sehen, daß Loyd sich umdrehte. Natürlich war es nicht möglich, den Ausdruck seines Gesichts zu erkennen. Er erhöhte die Geschwindigkeit bis auf rund sechzig Meilen.

Fünf Minuten später endete die Schneise vor einem Holzzaun. Loyd nahm den Fuß nicht vom Gas. Krachend durchbrach der Chevrolet den Zaun. Planken flogen durch die Luft. Mit fast unverminderter Geschwindigkeit raste der Wagen weiter über ein Wiesengelände, das sanft anstieg.

Phil dirigierte den Jaguar durch die Lücke, die der Chevrolet gebrochen hatte. »Wohin will er?«

»Geh jetzt näher heran!«

Die Reifen des Jaguars rauschten auf dem dichten Gras wie auf Asphalt. Einmal tauchte im Scheinwerferlicht eine kleine Fahnenstange auf, an deren Spitze ein rot-weißer Wimpel flatterte, und jetzt wußte ich, wo wir uns befanden.

Als wir den Chevrolet bis auf knapp hundert Yards eingeholt hatten, geschah es. Weißes, grelles Licht erfüllte plötzlich das Innere des Wagens. Die Explosion schien ihn hochzuheben wie die Hand eines Riesen.

Phil riß das Steuer herum. Der Jaguar stellte sich quer, drohte sich zu überschlagen, blieb aber auf den Reifen, als Phil blitzschnell aufs Gas zurückwechselte. Der Luftdruck der Explosion holte uns ein. Eine zweite Explosion dröhnte, als der Tank des Chevrolets hochging. Als Phil den Jaguar endlich zum Stehen gebracht hatte, brannte der Chevrolet lichterloh.

Harmon Loyd alias Sergio Gergela lag zehn Schritte vor dem brennenden Wrack im Gras. Die Explosion hatte seinen Körper buchstäblich zerfetzt.

»Erledigt!« sagte Phil leise. »Wer hat ihn in die Luft gesprengt?«

»Seine Chefs! Auf die gleiche Weise, auf die sie die Bombe in der Garderobe explodieren ließen. Funksignal genügt. Sie sichern sich auch gegen die eigenen Leute ab.«

»Wo sind wir hier?«

»Golfplatz des ›Tenafly-Palace‹-Hotels!« Ich wies auf die erleuchtete Fassade des Hotelkomplexes, die sich in einiger Entfernung abzeichnete. »Das ist es!«

Phil ging zum Jaguar. Über die Funksprechanlage rief er Holden. »Wie sieht es bei euch aus?«

»Die anderen Jungs sind eingetroffen. Das Mädchen, Kinner und Gale haben wir unbeschädigt aus dem Keller geholt. Der Engländer im Haus ist tot; der andere, den wir angefahren haben, schwer verletzt. Nelson Giordano hat sich ergeben!«

»Fahr zum Hotel!« sagte ich zu Phil,

Der Hotelportier trat uns in den Weg. Beim Anblick der 38er in unseren Händen zog er sich wieder zurück. Die wenigen Gäste, die sich noch in der hellerleuchteten Halle aufhielten, wurden blaß, als zwei Männer, beide bewaffnet und der eine außerdem in Handschellen, den Empfangschef hinter der Rezeption hervorholten. Eine Frau schrie leise auf.

»Jack Lucinis Zimmernummer?« knurrte ich.

»Zweihundertelf!« stotterte er. »Zweite Etage!«

»Seine Freunde?«

»Zweihundertzwölf, . . . acht und . . . neun.«

Wir fuhren mit dem Fahrstuhl hoch. Wir gingen über den teppichbelegten Flur. Ein Etagenkellner, der uns mit einem beladenen Tablett entgegenkam, taumelte gegen die Wand. Die Tür zum Apartment 211 öffneten wir mit Fußtritten.

Sie saßen im Salon um einen quadratischen Tisch, auf dem Flaschen und Gläser standen. Sie hielten Karten in den Händen. Zigarren qualmten zwischen den Zähnen.

Vor ihnen lagen Dollarscheine in dünnen Päckchen. Alle waren in Hemdsärmeln. Ihre Jacken hingen über den Stuhllehnen.

Jack Lucini, der Klempner, ließ die Karten fallen. »Mann, sind Sie übergeschnappt?« brüllte er. »Dieses Apartment habe ich gemietet, und ich habe darin die gleichen Rechte wie in meinen Haus.«

»Jack Lucini, ich verhafte Sie unter dem Verdacht schwerer Verbrechen und zur Sicherung der Beweise.«

Ich sah sie der Reihe nach an: Arthur Triano, den Gemüsegroßhändler, Eugene Rosco, den Transporteur, Sal Samon, den Fleischhändler. »Das gilt für Sie alle!«

Lucini drückte seine Zigarre aus. Gleichmütig streifte er die Jacke über. »Kommt, Freunde«, sagte er. »Einem Verrückten muß man seinen Willen lassen. Dieser Schnüffler ist zweifellos verrückt.«

Wir durchsuchten den Raum und die anstoßenden Zimmer. In keinem fand sich ein Funksprech- oder ein Sendegerät. Wieviel Zimmer hatte das ›Tenafly-Palace‹? Und wenn wir alle Zimmer durchsuchten, würden wir das Gerät noch finden? Über wieviel Gehilfen verfügte die Cosa Nostra, die längst alles Beweismaterial weggeschafft hatten?

Als wir Lucini, Triano, Rosco ud Samon durch die Hotelhalle abführten, hatte sich ein halbes Hundert Neugieriger gesammelt. Ein Direktor eilte herbei. »Haben Sie irgendwelche Wünsche, die ich erfüllen kann?« sprudelte er hervor. Die Frage galt nicht uns, sie galt Lucini und seinen Komplizen.

Phils rechtzeitiges Eintreffen verdankte ich dem Telefongespräch mit Lorraine Smith. Als ich mich unter der Nummer, die ich ihr genannt hatte, nicht meldete, informierte sie das Hauptquartier. Diese Meldung lag vor, als Loyd anrief und von meinem Verschwinden in der Gegend von South-Brooklyn sprach. Die Telefonnummer deutete auf eine ganz andere Gegend.

Phil, der inzwischen im Hauptquartier eingetroffen war, holte meinen Jaguar und fuhr sofort los, während Kollegen die Adresse der Telefonnummer ermittelten und sie ihm mitteilten.

Er erreichte die Gale-Villa ungefähr gleichzeitig mit Giordano und Porgway, stoppte sie nicht, sondern hängte sich an. Während er ihnen nachfuhr, alarmierte er über Sprechfunk eine Reihe von Streifenwagen. Erst beim Rattern der Maschinenpistolen entschloß er sich zur direkten Aktion.

Wir versetzten dem Gangsterunwesen in New York einen ziemlichen Schlag. Nicht die Cosa Nostra, sondern wir, der FBI, übernahmen die Gale- und die Kinnerorganisation, und wir liquidierten sie wie pleite gegangene Firmen. Gales Unterlagen lieferten Material für ein knappes Hundert Verhaftungen. ›The Feathers‹ Unternehmen fielen auseinander, als feststand, daß der Boß für den Rest seines Lebens hinter Gittern verschwinden würde.

Die Cosa Nostra selbst trafen wir nicht. Niemand außer Harmon Loyd hatte die Dirigenten dieses Gangsterkrieges gekannt. Es gab keine Zeugen für die Beteiligung der vier Männer aus dem ›Tenafly‹-Hotel. Ich hatte vier Stimmen aus dem Lautsprecher eines Funksprechgerätes gehört – das war alles. Rechtsanwälte marschierten auf.

Sachverständige erklärten, es sei unmöglich, Stimmen, die man über Funksprechgeräte gehört hatte, mit Sicherheit zu identifizieren. Man erklärte es für Zufall, daß die Männer italienisch gesprochen hatten und daß die Verhafteten diese Sprache beherrschten und auch benutzten. Triumphierend wiesen die Rechtsanwälte darauf hin, daß sechs Millionen Amerikaner Italienisch perfekt sprachen, hingegen zum Beispiel der Verhaftete Sal Samon nicht.

Sehr schnell verwandelten sich Jack Lucini, Arthur Triano, Rosco und Samon von gefährlichen Cosa-Nostra-Bossen wieder in biedere Geschäftsleute zurück. In einen Klempner, zwei Händler und einen Transportunternehmer.

Nach zehn Tagen wurden sie gegen Zahlungen einer geringfügigen Kaution entlassen. In einigen Zeitungen erschienen Artikel gegen die Voreiligkeit gewisser FBI-Beamter und ihre Leichtfertigkeit im Umgang mit den Bürgerrechten.

Als Lucini und seine Freunde das Untersuchungsgefängnis verließen, standen Phil und ich hinter den Reportern. Polizeibeamte bahnten den Männern einen Weg zu den schweren Wagen, von denen sie abgeholt wurden. Uns beachteten sie nicht. Erst, als die Wagen rollten, wandte Jack Lucini seinen schweren Raubvogelschädel und warf uns einen Blick zu. Sein Mund krümmte sich. Die Lippen wurden noch schmaler.

»Nicht der Blick eines friedlichen Klempners«, sagte Phil ernst. Ich erinnerte mich, daß ich das gleiche bei der ersten Begegnung gedacht hatte.

Phil hob die Hand.

»Auf bald, Gentlemen!« murmelte er.

ENDE

Band 31 329

Das Bordell am Hudson River

Originalausgabe

Der ›Petticoat Palace‹ war ein Paradies für Männer, die sich ein paar Tage aus der Hektik des Alltags abseilen wollten, um das Leben in vollen Zügen zu genießen. Ich hatte mich ebenfalls in diesem Etablissement mit Freizeitpark einquartiert, jedoch dienstlich. Wir hatten nämlich erfahren, daß die Palace-Konkurrenz ein Rollkommando schicken wollte, um das Bordell am Hudson River auseinanderzunehmen . . .

BASTEI LÜBBE